Alice Mead
Ein Gedicht für die Freiheit

Alice Mead

Ein Gedicht für die Freiheit

Aus dem Englischen
von Salah Naoura

C. Bertelsmann

Die Autorin dankt Dr. Steven L. Burg, Professor für Politologie, Brandeis University, für die kritische Durchsicht des Manuskripts.

Die meisten der im Roman erwähnten Orte existieren tatsächlich. Adems Dorf und der See, an den er schließlich flieht, sind dagegen erfunden.

Umwelthinweis:
Dieses Buch wurde auf chlorfrei gebleichtem Papier gedruckt.
Die Einschrumpffolie (zum Schutz vor Verschmutzung und Beschädigung) besteht aus umweltschonender und recyclingfähiger PE-Folie.

Gesetzt nach den Regeln der Rechtschreibreform 1996

1. Auflage 1997

Die Originalausgabe erschien unter dem Titel »Adem's Cross«
bei Farrar Straus Giroux, New York

Umschlaggestaltung: Klaus Renner
Lektorat: Beate Schäfer
kk · Herstellung: Peter Papenbrok
Satz: Uhl + Massopust, Aalen
Druck: Graphischer Großbetrieb Pößneck
ISBN 3-570-12225-5
Printed in Germany

Für die Kinder im ehemaligen Jugoslawien,
in der Hoffnung, dass sie eines Tages
wieder spielen und zur Schule gehen können.
Und für Erleta, Driton und Nermina,
die mich bei meiner Arbeit unterstützt haben.

Die Autorin

Alice Mead war Lehrerin, bevor sie sich auf das Schreiben von Büchern verlegte. Für den vorliegenden Roman recherchierte sie vor Ort im Kosovo, den sie 1994 und 1996 bereiste. Sie lebt mit ihrem Mann und zwei Söhnen in Cumberland, Maine.

Vorbemerkung der Autorin

Bis 1991 war Jugoslawien ein Vielvölkerstaat. Seit Ende des Zweiten Weltkrieges wurde es von einem starken politischen Führer namens Tito regiert. Jugoslawien bestand aus sechs Republiken: Serbien, Makedonien, Bosnien-Herzegowina, Kroatien, Slowenien, Montenegro, und aus zwei weniger unabhängigen Provinzen: Kosovo und Wojwodina. Serbien war die größte Republik, während der Kosovo, wo diese Geschichte spielt, die ärmste Provinz in ganz Jugoslawien war.

Tito starb 1980. Zu diesem Zeitpunkt wuchs die Unzufriedenheit der Albaner im Kosovo-Gebiet immer mehr. Im Kosovo besteht die Bevölkerung zu 90 Prozent aus Albanern, der Rest sind Serben. 1981 begannen albanische Studenten und viele andere für die Unabhängigkeit des Kosovo zu demonstrieren.

Die jugoslawische Regierung in Belgrad hatte eine starke Armee und viele Polizisten. Sie reagierte auf die Demonstrationen mit Prügeleien, Gefängnisstrafen und Einschränkungen im persönlichen Freiheitsrecht. Viele Einheiten der Militärpolizei wurden in das Kosovo-Gebiet geschickt, um dort für Ordnung zu sorgen.

Aber die Albaner forderten weiterhin mehr Rechte und Unabhängigkeit. Je mehr Demonstrationen stattfanden, desto mehr Soldaten und Polizisten schickte die Regierung in den Kosovo. Sie kamen bewaffnet und blieben dort. Die anderen Republiken Jugoslawiens waren besorgt über die zunehmende Gewalt im Kosovo, aber sie halfen den Albanern nicht.

In diesen politisch unruhigen Zeiten versuchte der Serbenführer Slobodan Milosevic die Macht an sich zu reißen. Er fing bei der verarmten albanischen Bevölkerung im Kosovo an. Die Serben, sagte er, hätten schon seit hunderten von Jahren Ansprüche auf dieses Gebiet. Er erinnerte sie daran, dass der Kosovo zum Herzen Serbiens gehört hatte, bis die osmanischen Türken die Serben im Jahre 1389 in der Schlacht auf dem Amselfeld besiegten. Weil die christlich-orthodoxen Serben nicht zum muslimischen Glauben übertreten wollten, wie die Albaner und Bosnier es taten, wurden sie aus dem Kosovo vertrieben und die Albaner konnten sich dort ausbreiten. Nun wollten die Serben ihre uralten Gebiete wieder zurück, sagte Milosevic.

1989 erklärte er auf einer Massenkundgebung, er werde die serbische Vormacht in Jugoslawien festigen. Die Folge war, dass die anderen ebenfalls nationalistisch gesinnten Republiken Jugoslawiens ihre Unabhängigkeit beschlossen. Dies führte ab 1991 in Kroatien und Bosnien zu furchtbarem Krieg mit verschiedenen serbischen Gruppierungen.

Milosevics Methode war alle Radio- und Fernsehsender und die Zeitungen in Jugoslawien in seine Gewalt zu bringen. Die Medien verbreiteten schreckliche Geschichten über die Moslems in Bosnien und im Kosovo. Sie berichteten, die Moslems im Kosovo-Gebiet seien Mörder und Terroristen, die schlafende Serben ermordeten. Milosevic kündigte an noch mehr Panzer und

Soldaten in den Kosovo zu schicken, um die »Einheit« Jugoslawiens zu erhalten und die Serben vor diesen albanischen »Monstern« zu beschützen. Er schürte Angst zwischen den Albanern und den Serben, die trotz unterschiedlicher Sprache, Religion und Sitten seit Jahren friedlich zusammengelebt hatten. Er provozierte Gewaltausbrüche unter den Menschen im Kosovo und bauschte sie dann in Fernsehberichten auf.

Im März 1989 wurden die Regierungsgebäude des Kosovo von serbischen Panzern und Hubschraubern umstellt. Milosevic setzte die eigene Verfassung der Kosovo-Provinz außer Kraft und erließ »besondere militärische Maßnahmen« zur völligen Kontrolle der Albaner, die nicht bewaffnet waren.

Der Kosovo wird inzwischen von etwa 60 000 Soldaten und Sonderpolizisten kontrolliert. Im Länderbericht 1995 des amerikanischen Außenministeriums heißt es: »Milosevic hat die Macht über die serbische Polizei, schwer bewaffnete Streitkräfte von vielleicht 100 000 Mann, die sich zahlreicher brutaler und systematischer Menschenrechtsverletzungen schuldig machen.«

Die Albaner gründeten einen Demokratischen Bund, hielten Wahlen ab und leisteten gewaltlosen Widerstand, um gegen diese Politik zu protestieren.

Das Kosovo-Gebiet ist weitgehend von der Außenwelt abgeschnitten. Tausende von Familien leben nur von Brot und Eiern. Fabriken und Banken sind geschlossen. Aus Angst, in die serbische Armee eintreten zu müssen, haben viele albanische Männer und Jungen den Kosovo verlassen und versuchen woanders Arbeit zu finden. Auch serbische Flüchtlinge aus den Kriegsgebieten in Bosnien und Kroatien werden im Kosovo angesiedelt.

Weder die Albaner noch die Serben im Kosovo wollen den Krieg, aber niemand sieht einen Kompromiss. Diese Geschichte beginnt im September 1993, mehr als viereinhalb Jahre nach dem militärischen Eingreifen der jugoslawischen Armee. Die Hauptfigur Adem ist eines von einer Million albanischer Kinder, die im Kosovo leben – seine Geschichte zeigt die Gewalt und das politische Chaos, unter denen alle Kinder im ehemaligen Jugoslawien zu leiden haben.

Hinweise zur Aussprache

Burek	*Bureek*
Dobrovece	*Dohbrohweetsche*
Flie	*Fliejaa*
Gëzuar	*Gehsuuar*
Milos	*Mielosch*
Milosevic	*Miloschewitsch*
Mirë	*Miera*
Pristina	*Prischtiena*
Sar-Gebirge	*Schahr-Gebirge*
Wojwodina	*Woiwodiena*

ÖSTERREICH
Plattensee
Soca
Sava
SLOWENIEN
KROATIEN
Sava
BOSNIEN-
HERZEGOWINA
ADRIA
ITALIEN
Kilometer
0
150

UNGARN
RUMÄNIEN
WOJWODINA
Donau
Sava
Belgrad
Drina
Morava
Donau
SERBIEN
Sarajewo
Morava
JUGOSLAWIEN
Morava
Drina
MONTENEGRO
Pristina
KOSOVO
BULGARIEN
Prizren
Skadar-See
Vardar
MAKEDONIEN
ALBANIEN
Ohrid-See
Elbasan
GRIECHENLAND

Eins

Vor einem Jahr, im August 1992, starb überraschend meine Tante. Sie hatte die ganze Zeit gehustet. Vielleicht war es Krebs, sagte meine Mutter. Aber meine Tante hatte sich nicht getraut ins Krankenhaus zu gehen, wegen der serbischen Ärzte – deshalb erfuhren wir nie, woran sie starb. Nun war mein Onkel Sal mit vier Kindern allein. Damit für sie alles etwas leichter wurde, zog mein älterer Cousin Besim zu uns. Er war damals gerade siebzehn. Ich war dreizehn. Er brachte auch die Kuh meines Onkels mit. Sie war kleiner als unsere und fast ganz weiß, mit ein paar hellbraunen Flecken. Und ehe ich mich versah, hütete ich beide Kühe, unsere und ihre, während Besim in unserem Haus auf den Sofakissen lag und im Belgrader Fernsehen MTV guckte.

Besim war tagsüber nicht gerade sehr aktiv. Er wartete darauf, dass die Sonne unterging. Abends, wenn es kühler geworden war, gingen unsere Leute überall im Kosovo durch die Städte und Dörfer, trafen sich mit Freunden und unterhielten sich. Das haben wir auch noch getan, als die Serben schon da waren. Niemand hätte uns daran hindern können, nicht einmal sie.

Jeden Abend, bevor wir aufbrachen, duschte Besim

und parfümierte sich mit Aftershave. Dann zog er seine engen schwarzen Jeans an. Eine halbe Stunde lang stand er vor dem Spiegel und drehte und wendete sich mit prüfendem Blick. Während er nach dem Essen in dem kleinen Badezimmer hinter der Küche war, wischte meine Mutter den Tisch ab und hängte den Lappen draußen auf die Leine. Mein Vater saß am Küchentisch und lachte aus vollem Hals. »Du siehst aus wie Elvis Presley!«, sagte er zu Besim.

Ich sah eifersüchtig von der Tür aus zu. Wenn ich mich genauso angezogen hätte wie Besim, wäre mein Vater ärgerlich geworden. Er hätte gesagt, ich solle nicht so angeben. Es war völlig klar, dass er Besim lieber mochte als mich.

Wenn Besim sich perfekt fand, stellte er sich vor meinem Vater auf, die Hände in die Hüften gestemmt. »Und?«, fragte er.

»Eine endlose Schlange von Mädchen wird hinter dir her sein, so lang wie von hier bis zu den Bergen«, sagte mein Vater.

Besim lachte und ging hinaus. Ich wollte hinterher.

»Nein, du nicht! Ein Junge in seinem Alter muss auch mal allein sein können. Du kannst deinen Großvater begleiten«, sagte mein Vater. »Setz dich hin!«

Ich blieb auf der Treppe vor dem Haus sitzen. Hinter mir senkte sich die Sonne über den Bergen Albaniens. Vor mir lagen die Felder und im Süden schimmerte rosa das Sar-Gebirge im Abendlicht – die Berge, die uns von Makedonien trennten. Ein Schwarm schwarzer Krähen stieg aus den Apfelbäumen am Straßenrand auf und senkte sich wie ein flatterndes Tuch wieder hinab in das schattige Geäst. Ihr Krächzen erstarb. Ich hob einen Stein auf und schleuderte ihn wütend den Weg hinunter.

»He!«

Plötzlich stand Fatmira, meine Schwester, hinter mir. In meiner Wut hatte ich sie gar nicht kommen hören.

»Was ist denn los, Adem?« Sie ließ sich neben mir nieder.

»Nichts. Nur, dass Papa Besim lieber hat als mich.«

»So ein Unsinn! Das stimmt doch nicht!«

»Warum lässt er mich dann Besims Kuh hüten? Und warum darf Besim so tolle Sachen anziehen und alleine ausgehen?«

»Papa will doch bloß nett zu Besim sein, weil Tante Linda gestorben ist«, sagte Fatmira und schüttelte mich leicht an der Schulter.

Ich wandte den Kopf und sah in ihre dunkelbraunen Augen. An diesem Abend funkelten sie ganz besonders. Ich überlegte, was wohl der Grund dafür sein mochte. »Ist etwas?«, fragte ich neugierig.

Fatmira war sechzehn. In den vergangenen Wochen war sie von unserem kleinen Dorf aus öfter nach Prizren gelaufen, aber ich hatte keine Ahnung, warum. Es war das erste Mal, dass sie mir etwas verschwieg. Vielleicht hatte sie einen Freund.

Sie stand auf. »Was soll schon sein«, sagte sie bloß. »Bis gleich, wir treffen uns im Park!«

Ich stützte mein Kinn auf die Knie. Vielleicht hatte sie ja Recht und es lag wirklich am Tod meiner Tante, dass mein Vater Besim so verhätschelte. Aber ich war immer noch eifersüchtig. Am liebsten wäre ich auch schon siebzehn gewesen und hätte mein eigenes Leben begonnen.

Endlich war mein Großvater fertig. Langsam schlurfte er den staubigen Weg hinunter, die Hände hinter dem Rücken verschränkt. Schritt für Schritt erreichten wir schließlich die steinerne Straße, die zur Dorfmitte führte. Jedes Mal, wenn wir jemandem begegneten, blieb er stehen und grüßte. Auch ich musste hallo sagen, sonst würde ich später etwas zu hören kriegen.

Mir war furchtbar langweilig. Und außerdem dachte ich mit Unbehagen an den nächsten Tag, an dem die Schule beginnen würde. Niemand wusste genau, wie wir diesen ersten Tag überstehen würden, denn ohne Gewalt ging es nie aus. Ich schob den Gedanken daran beiseite.

Wir erreichten den kleinen Park in der Mitte des Dorfes. Zwei Mädchen mit Lippenstift und sorgfältig dauergewelltem Haar standen Arm in Arm. Sie hatten den Blick abweisend gesenkt und tuschelten leise miteinander. Obwohl sie Besim nicht ansahen, wusste ich – wusste jeder –, dass ihre ganze Aufmerksamkeit nur ihm galt. Er stand neben ihnen, den einen Fuß auf der Parkbank, und spielte auf einer unsichtbaren Gitarre, klimperte mit den Fingern und warf dabei den Kopf zurück. Seine Bewegungen waren einfach perfekt.

Mein Großvater runzelte die Stirn. Es gefiel ihm nicht, wenn junge Mädchen ohne Begleitung unterwegs waren. Meine Großmutter war nicht mal mit nach draußen gekommen. Sie blieb meistens daheim, mein Großvater wollte das so. So war immer jemand im Haus.

»Ah, guten Abend!«, rief mein Großvater einem alten Freund zu.

Die beiden hatten im Zweiten Weltkrieg zusammen gekämpft – die albanischen Partisanen gehörten zu den gnadenlosesten Kämpfern, die es überhaupt gab, behaupteten sie. Sie hatten die Kroaten und die Nazis aus Albanien gejagt. Großvaters Freund trug seine alte blaue Uniformjacke. Sie unterhielten sich über Großvaters Bruder, der früher ein tapferer Soldat gewesen war. Er lebte in Albanien, in einer Stadt, die Elbasan hieß, und auch unsere Cousins wohnten dort. Es war schon Jahre her, dass wir die Erlaubnis bekommen hatten sie zu besuchen.

»Was für ein schöner Abend«, sagte der Freund und ergriff die Hand meines Großvaters. »Wie geht es dir?«

»Gut, gut«, murmelte mein Opa.

Diesmal wartete ich weniger geduldig, als es von mir erwartet wurde. Ich sah die Berge hinauf. Einmal hatten wir unsere Cousins aus Elbasan in Makedonien getroffen. Da war ich ungefähr acht gewesen. Aber jetzt war die Grenze nach Albanien geschlossen und wir konnten unsere Familien dort nicht mehr besuchen. Inzwischen war es schon gefährlich, das Wort Albanien auch nur auszusprechen.

»Und was macht die Familie?«

»Oh, alles gut, gut.«

Diese Lügerei, dachte ich. Jeden Abend dasselbe. Wie

geht es dir? Oh, gut, gut. Wie konnte es uns gut gehen? Irgendjemandem von uns? Morgen würde die Schule beginnen und irgendwas würde passieren. Warum mussten wir immer so tun, als ob nichts wäre?

Die Mücken zerstachen mir die nackten Arme. Ich schlug kräftig nach ihnen. Mein Großvater sah mich strafend an und ging mit seinem Freund langsam weiter. Ich schlenderte frustriert hinterher. Wir durften nicht sagen, was wir dachten. Wir waren gefangen, eingeschlossen von serbischen Panzern und Maschinengewehren. Wir konnten nur abwarten, bis alles besser wurde, und versuchen so normal wie möglich zu leben.

Plötzlich näherten sich zwei klappernde blaue Militärjeeps, voll besetzt mit serbischen Soldaten, die Maschinengewehre hielten. Sie kamen den Hügel hinuntergefahren und parkten am Rande des Platzes. Die Soldaten reichten eine Zigarettenschachtel herum, lehnten sich in ihren Sitzen zurück und bliesen den Rauch in den langsam dunkler werdenden roten Himmel des Septemberabends. Sie warfen gelangweilte Blicke zu uns hinüber und schnippten ihre Asche auf die Straße.

Ich starrte sie an, obwohl ich wusste, dass ich das besser bleiben lassen sollte. Wir saßen auf einem Pulverfass und die Atmosphäre in der Stadt war ständig zum Zerreißen gespannt, egal, wie ruhig alles wirkte. Was würde der nächste Tag bringen? Die Angst kroch mir an den Armen entlang bis in die Finger. Für einen Moment schloss ich die Augen und zwang mich an etwas anderes zu denken. Nur nicht einschüchtern lassen.

Ich hielt mich hinter Großvater und wartete auf Fatmira. Ganz in der Nähe standen einige Mädchen aus meiner Klasse. Sie starrten zuerst mich an und dann Besim und kicherten. Als ich die Augen verdrehte, brachen sie in Gelächter aus.

Ein anderer Freund von Großvater kam auf uns zu und streckte mir die Hand entgegen.

»Wie geht es dir, Adem?«

»Oh, gut, gut«, murmelte ich, wie es üblich war.

Ich sah meine Mutter und meine beiden Schwestern zusammen mit Onkel Sal den Hügel herunterkommen, auf dem Weg zu uns in den Park. Meine Mutter und mein Onkel gingen zu Großvater und seinen Freunden, um sich mit ihnen zu unterhalten. Meine Schwestern kamen hinüber zu mir. Fatmira warf mir einen kurzen Blick zu und musste sofort lachen. Sie merkte genau, wie mir zumute war.

»Bist du bereit für den Schulanfang morgen? Für den Storch?«

Sie steckte die Hände unter die Achselhöhlen, schlackerte mit den Ellenbogen und äffte unseren langen, hageren Englischlehrer nach, Herrn Gashi. Sie wollte mich zum Lachen bringen, denn sie wusste, wie es in mir aussah und dass ich mich fürchtete.

Und ich musste wirklich lachen, trotz meiner Angst. Meine kleine Schwester Pranvera lehnte ihren Kopf an Fatmiras Schulter. »Was denn?«, fragte sie. »Was ist denn so lustig?«

Fatmira drückte sie an sich. »Wir lachen über unseren Lehrer, Herrn Gashi!«

Ich warf einen Blick zu den Soldaten hinüber. Hoffentlich hatten sie uns nicht gehört. Wenn wir zu viel lachten, kamen sie vielleicht herüber.

»Hast du denn keine Angst, Fatmira? Man weiß doch nie, was am ersten Schultag passiert!«

Fatmira warf mir einen warnenden Blick zu und schüttelte den Kopf. Wir durften Pranvera keine Angst einjagen, sie war erst zehn. Die älteren albanischen Kinder wurden von den Soldaten oft mit Tränengas beschossen. Aber die kleinen ließen sie meistens in Ruhe.

»Dieser September wird anders, Adem.«

»Wie meinst du das? Glaubst du, dass die Soldaten nicht in unsere Schule kommen?«

Sie schüttelte den Kopf. »Du wirst schon sehen. Du musst nur ein bisschen Geduld haben.«

Zwei

Ich hatte in der Schule schon öfter Tränengas abbekommen, das hatten wir alle. Die Schule in unserem Dorf, wo wir hingingen, um die albanischen Sitten und die Sprache zu lernen, war zweigliedrig: Wir, die albanischen Kinder, waren alle auf einem Stockwerk untergebracht, die Serben waren auf dem anderen. Wir sprachen nie miteinander und sahen uns nicht mal an. Früher hatten wir zusammen gespielt, doch das war lange vorbei. Seit die ersten Panzer gekommen waren, hatte sich viel verändert, obwohl es kaum fünf Jahre her war.

Im September, am ersten Schultag, mussten wir uns jedes Mal auf Tränengas einstellen. Vormittags kam die serbische Miliz und postierte sich auf der Straße. Dann schossen sie Kugeln mit Tränengas in den Schulhof und durch die offenen Fenster des Gebäudes. Eigentlich waren die Fenster nicht wirklich offen, es waren bloß keine Scheiben mehr drin. Bei uns im Erdgeschoss hatten die Serben alle Fenster eingeschlagen, damit wir froren. Die Fliegen konnten ungehindert herein. Wir hatten keine Stühle zum Sitzen, weder Heizung noch Elektrizität. Und schon seit Jahren keine Bücher mehr.

Die Kinder, die hinten im Klassenraum saßen, sahen

die Jeeps zuerst. Staubwolken stiegen von ihren holpernden Reifen auf und zogen durch die enge Gasse.

»Die Miliz, Herr Gashi«, sagte Avni. »Sie kommen!«

Einige der Kinder hinter ihm kicherten nervös. Ich auch. Es war seltsam, dass ausgerechnet Avni die Sonderpolizei ankündigte, denn sein Vater arbeitete als Informant für die Serben. In einem so kleinen Dorf wie unserem wusste jeder genau, wer ein Spitzel war.

Herr Gashi schritt durch die Reihen von Kindern, die dicht aneinander gedrängt auf dem Boden saßen.

»Also denn«, sagte er, nachdem er durch das zertrümmerte Fenster hinausgespäht hatte.

In den Fensterrahmen hingen noch immer die gezackten Splitter und der Schulhof unten war übersät mit winzigen Scherben. Niemand hatte sich die Mühe gemacht sie aufzulesen oder zusammenzufegen.

Es schien, als hätte Herr Gashi vergessen, dass hinter ihm im Klassenzimmer dreißig Kinder saßen. Schließlich sagte er: »Nehmt eure Jacken ...«

Aber es war zu spät. Die Miliz begann zu feuern. Peng. Peng, peng. Peng!

Eines der Geschosse landete in unserem Zimmer. Wir versuchten unsere Augen und Gesichter zu schützen und waren wild entschlossen einfach sitzen zu bleiben.

»Rennt!«, schrie Herr Gashi. »Rennt hinunter zum Fluss! Jemand kommt nachher und holt euch.«

Die Gaswolke füllte den Raum, es brannte in den Augen und im Hals. Wir rannten jedes Mal weg, wir konnten gar nicht anders. Ich weiß auch nicht, warum wir uns in diesem Jahr geschworen hatten sitzen zu bleiben. Aber am Ende rannten wir natürlich doch wieder davon, über das Kornfeld meiner Eltern hinunter zum Fluss. Dort saßen wir dann am Ufer, husteten, rissen Witze und machten uns über die Soldaten lustig.

»Das sind außerirdische Monster«, sagte ich, »Froschfratzen mit Gasmasken!«

»Die Serben sind keine Menschen! Nie und nimmer, sonst würden sie so was doch nicht mit Schulkindern machen!«, schrie Besim.

Wir sangen Lieder, die davon handelten, dass wir sie aus dem Kosovo vertreiben würden. Dann könnte endlich wieder alles so sein wie früher.

Wenn die anderen dabei waren, spielte sich Besim gerne auf und tat so, als wüsste er alles. »Macht euch keine Sorgen«, sagte er jetzt. »Der September ist immer am schlimmsten. Danach wird es schon besser werden.«

Ich sah zu Fatmira hinüber und stöhnte entnervt. Besim plapperte alles nach, was er bei den Erwachsenen hörte. Und mein Vater lobte ihn dafür.

»Das Leben wird schon wieder so werden wie früher, wir müssen nur Geduld haben«, sagte er.

Ich begann lautstark zu husten, um ihn zu übertönen, und beugte mich würgend über meine hohle Hand. Fatmira stieß mich in die Seite. Ich sah sie an. Sie warf mir einen vorwurfsvollen Blick zu. Wieso war sie nicht genauso eifersüchtig auf Besim wie ich? Wie konnte sie nur so ruhig bleiben? Egal, was geschah, sie schien sich niemals zu fürchten.

Jeden Tag sprachen wir darüber, wie es früher gewesen war. »Früher« hieß, bevor die serbische Armee unser Land besetzt hatte. Als wir noch unsere eigene Regierung gehabt hatten. Es war noch nicht einmal fünf Jahre her, dass wir tun konnten, was wir wollten – so wie unter Tito. Er war gut gewesen, das sagte jeder. Zumindest hatte er den Frieden in Jugoslawien erhalten. Und er hatte uns Albanern einige Rechte gegeben, sodass wir manche Dinge selbst entscheiden konnten.

»Besim, du bist ein alter Lügner«, sagte ich. »Woher willst du schon wissen, was passieren wird?«

Ich wollte, dass die anderen Kinder endlich aufhörten ihn anzusehen. Bevor er bei uns eingezogen war, war ich der älteste Junge in unserem Haus gewesen. Der Älteste zu sein, das spielte bei uns Albanern eine wichtige Rolle. Als Ältester wurde man eines Tages zum Familienoberhaupt und deswegen hatte man Vorrechte, auch wenn man noch nicht erwachsen war. Besim beugte sich vor und versetzte mir einen Stoß. Ich wehrte ihn ab.

»Streitet nicht. Lasst uns lieber Rocksongs singen«, schlug Fatmira vor. Ein paar von den Mädchen weinten und die kleineren Jungen sahen so aus, als würden sie auch gleich anfangen.

Während wir an dem kleinen, trüben Fluss, in dem sonst die Kühe wateten, herumsaßen und sangen, verprügelten die Polizisten unsere Lehrer und den Schulleiter. Manchmal nahmen sie den Schulleiter auch mit auf die Wache und schlugen ihn dort tagelang. Viele Rektoren waren auf diese Weise ums Leben gekommen. Wir sangen »Great Balls of Fire« von Jerry Lee Lewis und Lieder von Chubby Checker. Dann etwas von den Beatles. Alles war gut, was die Zeit vertrieb, ohne dass man zu viel nachdenken musste. Die verrückten Songs waren die besten, weil wir bei denen richtig wild herumhampeln konnten.

Beim Singen musste ich wieder husten und mir die Augen reiben. Diesmal brannten sie wirklich fürchterlich. Vielleicht hatte die Miliz ja einen neuen chemischen Stoff ins Tränengas gemischt, damit es schlimmer wirkte.

Während die serbischen Kinder die Schläge und Schreie von unten hörten, mussten sie in ihren Klassenräumen bleiben und so tun, als ob nichts wäre. So gesehen erging es ihnen genau wie uns.

Wie verrückt das alles war!

Die Sonne brannte auf uns nieder. Mir war, als lege sich eine heiße Hand auf meine Stirn, und einen Moment lang dachte ich, das grelle Licht würde mich wahnsinnig machen. Ich wünschte mir graue Wolken herbei, wie weiche Kissen, in die ich hätte zurücksinken können.

Ich kniff die Augen zusammen und sah über unser Kornfeld. Es war völlig ausgedörrt. Den ganzen Sommer über hatte es fast nicht geregnet. Drei trockene Sommer hintereinander hatten wir nun schon gehabt. Das Gelb der Ähren war durch die Dürre hässlich und matt geworden, sie erinnerten an hartes, vergilbtes Zeitungspapier.

Am Ende des Feldes stand unser Haus und gleich daneben wuchs eine Reihe riesiger Sonnenblumen, die in verrückten Winkeln nach allen Seiten abgeknickt waren und ihre schweren, schwarzen Köpfe hängen ließen. Ich hatte sie im letzten Frühling gepflanzt. Meine Großmutter wollte, dass ich sie abschnitt, sie meinte, es sei ein schlechtes Omen, wenn man schwarze Sonnenblumen stehen ließ. Sie bekam Alpträume davon. Vielleicht konnte ich sie ja jetzt abschneiden. Warum nicht? Ich stand auf, denn ich hatte irgendwie Lust sofort etwas zu tun, was mir einfach so durch den Kopf ging. Die Sonnenblumen konnte ich leicht an den Wurzeln herausreißen.

»Bleibst du wohl unten!«, sagte Fatmira. »Du bist ja verrückt, Adem!«

Ich grinste sie an. »Ach nein. Hast du denn nicht gesagt, dass in diesem September alles anders wird? Ich finde, es ist genau wie immer.«

Sie lächelte. »Ich erzähl's dir später.«

»Gut«, sagte ich und ließ mich wieder ins trockene Gras fallen. »Sag der Miliz, dass ich schlafe.«

Fatmira sprang von ihrem Platz auf und holte ein paar der jüngeren Mädchen zu sich. Dann begann sie einem der Mädchen das Haar zu flechten, langsam und bedächtig.

Von einigen Erlenbäumen glotzten unsere beiden Kühe zu uns herüber. Alle Schüler saßen am Flussufer, mit baumelnden Beinen, immer darauf gefasst, sich auf den Boden zu werfen, falls die Polizisten in unserer Nähe auftauchen sollten. Aber sie kamen nicht. Sie jagten uns nie – die Rennerei war ihnen zu anstrengend. Bestimmt hatte das Schlagen sie inzwischen müde gemacht. Zehn Minuten lang auf jemanden einzuprügeln war harte Arbeit.

Die Zeit verging und die Jungen fingen an sich zu unterhalten. »Eines Tages kommen die Amerikaner. Ihr Präsident wird uns helfen und Panzer schicken. Dann wird man sehen, wie schnell die Serben rennen können. Die sind nicht so tapfer und halten auch nicht so zusammen wie wir. Die kennen keine Solidarität. Wir kämpfen mit unserem Verstand und mit dem Herzen. Die Serben sind ein Haufen Tiere. Man braucht sich doch nur anzusehen, was sie mit Bosnien gemacht haben.«

Bosnien.

Wenn das Wort fiel, wurde es immer still. Wir sahen den schrecklichen Krieg in Bosnien im serbischen Fernsehen. Sie zeigten die Bilder als abschreckendes Beispiel dafür, was uns bevorstand, wenn wir ihnen die albanischen Gebiete im Kosovo nicht überließen.

»Keine Angst, die Türken schicken Waffen nach Bosnien. Vielleicht bekommen wir auch welche«, sagte Besim. In einem Jahr musste er zum Militär und für die Serben kämpfen.

»Sei still!«, sagte ich.

Immer wieder sagten alle dasselbe. Ich hatte das Gerede über die Türken und ihre Waffen satt. Das waren doch alles nur Gerüchte, eine Ausrede der Serben, damit sie unsere Häuser jederzeit durchsuchen konnten, meist mitten in der Nacht. Außerdem war es nicht gut, dass Besim darüber sprach, wenn Avni dabei war. Denn der erzählte es seinem Vater weiter.

Avnis Vater war Informant geworden, weil sie so arm gewesen waren. Sie hatten nichts zu essen gehabt. Jetzt waren sie nicht mehr arm. Am ersten Schultag trug Avni neue, hautenge Jeans, die hundertfünfzig Deutsche Mark gekostet hatten. Sie kamen aus der Schweiz und waren in Montenegro über die Berge geschmuggelt worden.

Mir tat Avni in seinen neuen, steifen Hosen leid. Was hatte er schon davon? Die Wut stieg in mir auf und ich wurde leichtsinnig.

»Kommt schon. Warum haben wir denn Angst vor denen? Lasst uns zurückgehen, ich will normal leben!«, sagte ich und sprang auf.

Fatmira packte mich am Arm. »Nein, ihre Jeeps sind immer noch da. Wenn sie uns entdecken, schlagen sie die Lehrer vielleicht noch mehr, damit wir es sehen. Du denkst auch nie an andere, Adem!«

Sie hatte Recht. Ich war ungeduldig, eifersüchtig und aufbrausend. Und außerdem leichtsinnig. Ich konnte einfach nicht anders.

Meine Schwester hatte mehr Macht über mich als jeder andere. Sie war wie eine Mutter für mich. Sie hatte auf mich aufgepasst, während meine Mutter sich um meinen jüngeren Bruder Angel kümmerte, der behindert war. Jetzt lebte er in einem Heim für zurückgebliebene Kinder. Es lag auf dem Weg nach Pristina, der Hauptstadt des Kosovo.

Außer ihm und meiner jüngeren Schwester Pranvera hatten wir noch den kleinen Halil, er war erst zwei. Im Kosovo galt eine Familie mit fünf Kindern nicht als sehr groß. Manche Leute hatten zwölf Kinder, genug für eine Fußballmannschaft mit Schiedsrichter. Einige hatten noch mehr.

Wir blieben am Fluss sitzen. Das Wasser war trübe von braunem Schlick und stand sehr niedrig. Unsere Felder wurden nach und nach weggeschwemmt, weil wir in den letzten Jahren so viele Bäume fällen mussten, um Brennholz zu haben. Wir hatten zwar ein Kraftwerk im Kosovo, aber die Serben verkauften den Strom an andere Gebiete. Manchmal – meistens in den Morgenstunden – hatten wir Strom. Aber abends konnte man nie sicher sein. Die Leute kamen von weit her, sogar aus Prizren, um bei uns Holz zu schlagen.

Wir sangen noch mehr Lieder und erzählten Witze, warteten und warteten und versuchten uns gegenseitig aufzuheitern. Jedes Mal, wenn einer von uns nachdenklich wurde, erzählten wir etwas Lustiges und brachten ihn oder sie wieder zum Lachen. Nach den Beatles sangen wir Rapsongs, die wir auf MTV gehört hatten. Besim griff sich einen Ast und spielte Gitarre, gab fürchterlich an und wedelte mit seinen langen Haaren herum wie ein Heavy-Metal-Gitarrist.

Schließlich kam unsere Mathematiklehrerin, um uns abzuholen. Vorsichtig stakste sie in ihren hochhackigen Schuhen und ihrem Kleid über das Feld.

Ich sprang auf. »Was ist passiert? Haben sie jemanden ins Gefängnis gebracht?«

Frau Mehmeti strich mir übers Haar. »Du bist einfach unverbesserlich«, sagte sie.

»Und? Haben sie?« Ich musste es einfach wissen.

»Ja.«

»Den Rektor?«

»Ja.«

»Und Sie? Haben sie Sie geschlagen?«

»Sehe ich denn so aus? Nein. Nur Herrn Hajrizi – als mahnendes Beispiel für uns.«

Als wir zurück waren, setzten wir uns im Schulhof auf den schmutzigen Boden. Wir wollten nicht hineingehen. Herr Gashi hielt eine Ansprache. Er stand vor uns und sah erschöpft aus. Seine Augen waren halb geschlossen und seine Stimme klang müde.

»Unsere alljährliche Durchhalterede«, flüsterte ich Besim zu. Besim sah mich böse an.

»Wir müssen weiterhin Mut beweisen«, sagte Herr Gashi. »Ich möchte, dass ihr alle das ganze Jahr hindurch zur Schule kommt, jeden Tag. Es ist wichtig ihnen zu zeigen, dass wir nicht aufgeben. Wir haben das Recht in unserer eigenen Sprache zu unterrichten und zu lernen. Das können sie uns nicht nehmen, egal, wie oft sie uns schlagen oder Tränengas einsetzen. Ihr wisst, dass der September immer ein schwieriger Monat ist. Jedes Jahr zum Schulbeginn müssen wir das hier durchstehen. Aber es kommen auch wieder ruhigere Zeiten. Unser Leben wird wieder besser werden. Daran müssen wir glauben und weiter zusammenhalten und gewaltlosen Widerstand leisten. Die Politiker haben versprochen, dass ihre diplomatischen Bemühungen Erfolg haben werden.«

»Wo bleiben denn die amerikanischen Panzer?«, schrie ich von hinten. Es wurde totenstill. Alle drehten sich entsetzt nach mir um. Es war völlig unmöglich so etwas zu rufen, wenn serbische Kinder und die Miliz in der Nähe waren. Aber was war eigentlich verkehrt daran? Unsere Eltern und die Lehrer erzählten uns, dass Panzer unterwegs waren. Ich hatte keine Lust mehr darauf zu warten, das war alles.

Herr Gashi sagte nichts.

Ich zuckte mit den Achseln. »Das wollte ich nur mal wissen«, sagte ich. Ein paar Kinder lachten.

Aus einem Fenster im oberen Stockwerk sah ein serbischer Junge zu mir hinunter. Wir starrten uns an. Er wartete darauf, dass ich als Erster weggucken würde, aber ich tat es nicht. Was er dort oben wohl gehört hatte, als die Miliz unseren Rektor verprügelte? Milos und ich waren früher die besten Freunde gewesen.

»Ihr könnt gehen. Wir sehen uns dann morgen«, sagte Herr Gashi. Wir sprangen auf die Füße und klopften uns den Staub von den Kleidern.

Ich sah, wie Milos mir oben am Fenster den Mittelfinger zeigte. Früher, als wir noch zusammen Fußball gespielt hatten, waren wir unschlagbar gewesen. Nun spielte er in einer Mannschaft, aber ich durfte nicht mehr mitspielen. Kein albanisches Kind durfte das. Ich grinste spöttisch zu Milos hinauf und er wandte sich ab.

Um elf war die Schule aus, damit die zweite Gruppe albanischer Kinder kommen konnte. Alle drängten durch das Tor aus dem Hof hinaus. Ich ließ jeden vor, denn ich wollte allein nach Hause gehen. Für heute war der Unterricht also beendet. Was hatte ich gelernt?

Als ich zum Schulhof hinausging, schrie ich: »Und was haben wir auf?« Aber ich erwartete keine Antwort. Ich war vierzehn, das war alles, und die Erwachsenen gingen mir auf die Nerven.

Drei

Zu Hause musste ich gleich den Kuhstall ausmisten. Ich harkte das schmutzige Heu zusammen und warf ein paar Mistgabeln frisches, trockenes Heu hinein. Mit zwei Kühen war es im Stall richtig eng und deshalb landete eine staubige Heuladung auf ihrem Rücken. Ich musste niesen und schaufelte noch welches hinterher. Die Kühe waren froh aus der heißen Mittagssonne heraus zu sein und ich holte für jede einen großen Eimer Wasser vom Brunnen.

Während sie tranken, wischte ich ihnen das Heu vom Rücken und tätschelte sie. Die große, braune Kuh war meine. Ich kraulte sie unter dem Ohr, legte meine Wange an ihren Hals und umarmte sie. Ich vermisste Milos und unsere Fußballspiele von früher. Ich war immer der Torwart gewesen, weil ich keine Angst hatte, Hals über Kopf in den Matsch zu springen, um einen Ball zu halten. Milos war Stürmer gewesen und er war genauso wild. Falls es mir jemals gelang, nach Italien abzuhauen, würde ich dort tausend Fußbälle kaufen.

»Adem!«

»Was?«

Ich zuckte zurück. Ich wollte nicht, dass jemand mich

dabei erwischte, wie ich eine Kuh umarmte. Aber es war bloß Fatmira. Sie konnte es ruhig sehen. Jetzt, wo Milos und ich nichts mehr miteinander zu tun hatten, war meine Schwester mein bester Freund geworden. Vor ihr brauchte ich meine Gefühle nicht zu verstecken. Vor allen anderen, aber nicht vor ihr.

»Hör mal, ich muss morgen nach Prizren.«

Ich starrte sie an. Ihre Stimme klang angespannt und erregt.

»Warum?«, fragte ich beunruhigt.

»Willst du nicht mitkommen?«

»Doch, doch. Ich komme mit. Natürlich komme ich mit!« Ich hätte alles getan, was unser eintöniges Leben ein wenig spannender machte.

»Gleich nach der Schule.«

»Wirklich?«, fragte ich. »Warum nicht ein bisschen später, wenn es schon kühler ist?«

Fatmira spähte durch die Stalltür zum großen Kornfeld hinüber, wo mein Vater mit Onkel Sal und ein paar Nachbarn gerade das Heu schnitt.

»Okay«, sagte sie. »Um drei.«

Ich runzelte die Stirn. So aufgeregt und nervös war sie sonst nie.

»Was ist denn los?«, fragte ich wieder. »Triffst du dich mit einem Jungen?«

Sie musterte mich prüfend und ich grinste sie an, um ihr zu zeigen, dass ich auf ihrer Seite war. Sie lachte.

»Gut«, sagte sie. »Heute sind in Makedonien die albanischen Studenten auf die Straße gegangen. Es war eine riesige Demonstration. Sie haben es den ganzen

Sommer geplant, um uns am ersten Schultag zu unterstützen.«

Ich sah sie fragend an. »Woher weißt du das?«

»Weil ich den Sommer über bei einer Aktivisten-Gruppe in Prizren war, aber das ist nicht wichtig. Wichtig ist, dass wir weitermachen und nicht lockerlassen. Wir müssen uns damit abfinden, dass die Erwachsenen hier einfach zu müde geworden sind. Also müssen wir Jüngeren die Gelegenheit nutzen und den Serben zeigen, dass unter uns Albanern Einigkeit herrscht, die über die Grenzen hinausgeht.«

Fatmiras Augen funkelten vor Aufregung. Ich wollte sie gerade fragen, was denn unsere Eltern über all das dächten, als ich hörte, wie Besim den Hof betrat.

»Pst!«, flüsterte Fatmira. Sie drehte sich um und trat aus dem Stall. »Besim, Adem und ich gehen morgen um drei nach Prizren, falls du mitwillst.«

»Ja, okay.«

Ich legte die Heugabel beiseite, nahm einen kleinen Strohbesen und fegte den Staub und die Halme von der kleinen Betontreppe vorm Stall. Fatmira nahm die Wäsche von der Leine. Besim tat gar nichts. Das Gespräch mit Fatmira hatte mich sehr beunruhigt. Wen wollte sie treffen, wenn wir in Prizren waren? Was für Freunde hatte sie dort? Und wie lange hatte sie das alles vor mir geheim gehalten?

In Prizren, nahe der Grenze zu Albanien und Makedonien, war immer viel los und es wimmelte nur so von Soldaten und Miliz. Die Serben sagten, dass sie die schwer bewaffneten Polizisten dort brauchten, weil es in der Stadt so viele albanische Radikale gab – Gruppen, die einen offenen Krieg mit den Serben wollten, um den Kosovo wieder in ihre Gewalt zu bringen. Wir hatten oft darüber gesprochen, daher wusste ich sicher, dass Fatmira überhaupt nicht für Krieg war. Sie war für gewaltlosen Widerstand und dafür, dass jeder sagen konnte, was er dachte. Sie hasste Waffen, das fiel mir nun wieder ein. Ich brauchte mir also keine Sorgen zu machen.

Ich ging hinein und meine Mutter und Pranvera machten Besim und mir zum Mittagessen *Burek*, Blätterteig gefüllt mit Schafskäse. Endlich war einmal genug da und ich aß viel zu viel und trank noch eine große Cola. Mein Magen fühlte sich an wie ein prall aufgeblasener Ballon und ich musste mich eine Weile hinlegen.

Während ich auf einem der Sofas im Wohnzimmer lag, ging mir immer wieder das Gespräch mit Fatmira durch den Kopf. Sie war ja älter als ich und wusste wohl, was sie tat. Ich versuchte an etwas anderes zu denken und mir keine Sorgen zu machen. In Gedanken wiederholte ich, was alle Albaner sich immer wieder sagten: »Irgendwann, bald, wird schon alles besser werden.«

Wir hatten ein Auto, aber kein Geld für Benzin, und einer der Reifen war sowieso platt. Deswegen war seit Monaten keiner mit dem Wagen gefahren, er stand unbenutzt draußen am Ende des Feldes unter den Apfelbäumen.

Meine Eltern nahmen den Pferdekarren, wenn sie nach Prizren fuhren. Wir Kinder mussten laufen. Zu Fuß dauerte es über zwei Stunden. Aber das machte eigentlich nichts. Wenn wir unsere Pflichten im Haus erledigt hatten, war ja sonst nichts zu tun. Früher hatten wir unter den Apfelbäumen hinterm Haus jeden Nachmittag Fußball gespielt. Gleich daneben war der Brunnen, aus dem wir trinken konnten, wenn wir abgekämpft waren. Nun durften wir überhaupt keinen Mannschaftssport mehr machen.

Die Leute sagten, dass die Soldaten draußen vor ihren Baracken Fußball spielten. Sie sagten, die Soldaten wären noch ärmer als wir und bekämen nicht genug zu essen. Aber wer wusste schon, ob es wirklich stimmte.

Am nächsten Tag gingen wir nachmittags gegen drei Uhr los, Besim, Fatmira, Pranvera und ich. Wir liefen den Bergrücken hinunter, über den sich endlose Reihen von Weinstöcken zogen. Weit unten im Tal drängten sich die orangefarbenen Giebel der Ziegeldächer und die hohen Minarette der Moscheen von Prizren dicht um den Flusslauf.

Auf halbem Wege kam man an einem Platz vorbei, wo neben der Straße Schotter aufgeschüttet war. Im Sommer lagerten hier immer einige Zigeuner, bis der Winter kam. Niemand achtete auf sie und niemand wusste, wohin sie im Winter eigentlich gingen. Wahrscheinlich nach Makedonien oder Bulgarien. Sie halfen bei der Weinernte. Sie brachten immer haufenweise Abfälle aus Prizren mit und verbrannten sie an Stelle von Brennholz. Manchmal fanden sie darin auch etwas zu essen.

Die Leute sagten, dass die Zigeuner die Täler um Prizren mochten, weil es in unseren Bergen noch so viele wild lebende Tiere gab. Sie fingen Füchse und Bären, sogar Wölfe, wurde erzählt. Die verkauften sie in andere europäische Länder.

Vielleicht stimmte das alles. Ich hatte einen von ihnen kennen gelernt, einen Mann namens Fikel. Er sagte, er sei aus Rumänien. Dort lag auch Transsilvanien, wo Dracula herkommt. Fikel erzählte, dass die weit und breit bekannte Burg Graf Draculas gar nichts Besonderes sei. Aber es gäbe eine viel tollere Burg, auch erbaut von Dracula, der eigentlich Vladimir der Pfähler geheißen hatte. Diese Burg hätte ich gern gesehen. Ich mochte Fikel. Er war überall in der Welt herumgekommen. Auch der Krieg in Bosnien hatte ihn nicht daran gehindert.

»Nun kommt schon!«, sagte Fatmira ungeduldig.

Wir gingen schneller. Sie lief vor uns her, nahm einen zusammengefalteten Zettel aus ihrer Tasche und las ihn durch.

Ich musste einfach wissen, was sie vorhatte. »Was ist das?«, fragte ich.

»Schwörst du, dass du Besim nichts sagst?«, fragte sie.

»Nein, ich hasse das«, sagte ich. »Ich schwöre gar nichts.«

Sie sah mich von der Seite an und lächelte. Wir teilten etwas miteinander, an dem unser Cousin Besim keinen Anteil hatte.

»Na gut«, sagte sie. »Es ist ein Gedicht. Ich werde es heute lesen. Das ist das Geheimnis.«

Der Schrecken fuhr mir in die Glieder. Gedichte waren gefährlich. Rebellisch. Ganz besonders in Prizren!

»Wovon handelt es?«, hakte ich nach. »Von der Schule?«

»Nein. Es handelt von dem Fluss, der durch Prizren fließt. Die Serben wollen ihn sprengen, um den Wasserlauf zu verändern. In meinem Gedicht geht es um die alten Osmanen-Brücken. Ich liebe diese Brücken, Adem!«

Die Brücken waren wirklich sehr schön. Es waren fünf, mit Steinbögen, die man vor hunderten von Jahren erbaut hatte.

»Wann wollen sie den Fluss sprengen?«, fragte ich. Ich konnte es einfach nicht fassen. Es klang so verrückt.

»Am Sonntag, habe ich gehört«, sagte sie. »Heute um sechs stellen wir uns in die Mitte jeder Brücke und lesen die Gedichte, vier Schülerinnen aus Prizren und ich.«

»Das könnte gefährlich sein, Fatmira«, flüsterte ich.

»Aber wir sind Mädchen. Vielleicht achten sie gar nicht auf uns.«

»Woher willst du denn wissen, dass die Serben das wirklich tun? Einen Fluss sprengen! Das ist doch verrückt! Man weiß hier doch nie, was stimmt und was nicht. Vielleicht ist das nur wieder so eine Geschichte, um uns einzuschüchtern.«

»Das ist es nicht. Hör zu, sag Besim nichts davon. Ich habe Angst, dass er es mir auszureden versucht. Er denkt eben anders als wir, Adem. Also erzähl ihm nichts – versprochen?«

»Okay«, sagte ich, obwohl ich es besser nicht getan hätte. Versprechungen können verhängnisvoll sein hier bei uns, wie Ketten, die einen zu Boden ziehen.

Bald erreichten wir das Tal und gingen durch die verschlungenen Straßen von Prizren. Ich liebte Prizren auch. Die ganze Stadt war voller alter Gebäude und Moscheen. Abends kamen die Leute zum Fluss, um am Ufer entlangzuspazieren, wenn die kühle Luft von den steilen Hängen der Berge herabströmte. Man traf sich dort, ging mit Freunden und Verwandten herum, setzte sich in Cafés und hörte Musik.

Aber nun, unter dem serbischen Regime und mit den internationalen Sanktionen, passierten in Prizren nachts auch andere Dinge. Es gab Grenzgänger, Schmuggler, Diebe, Spitzel und Razzien der Miliz. Bevor wir in die Stadt gingen, mussten wir jedes Mal versprechen zusammen zu bleiben, sonst ließ unsere Mutter uns nicht fort.

»Nun kommt schon!«, sagte Fatmira wieder und zog mich den Hang hinunter. »Es ist schon zwanzig nach fünf.«

»Lass mich das Gedicht sehen!«, sagte ich.

»Nein. Es ist nichts Besonderes. Ganz kurz. Nur elf Zeilen. Kennst du die Sage von Demeter und Persephone?«

»Die von den Griechen?«

»Ja. Hades entführt Persephone und nimmt sie mit in die Unterwelt. Und Demeter, ihre Mutter, weint so sehr um sie, dass es nie wieder Frühling wird. Darum geht es in dem Gedicht und um die Dürre dieses Jahr. Der Fluss ist nur noch ein dünnes Rinnsal, er ist fast ausgetrocknet.«

Meine Schwester war wirklich toll. Ich war stolz auf

das, was sie tat. Aber zugleich fand ich es wahnwitzig, dass unser Leben jeden Tag immer nur aus Protestaktionen bestand. Was würde ein jahrelanger Widerstand uns bringen? Vielleicht würden wir verletzt werden? Ich hatte jetzt schon Angst um meine Augen, wenn ich abends im Bett lag. Vielleicht würde mich das Tränengas eines Tages blind machen? Meine Augen brannten immer noch vom vergangenen Morgen und ich sah alles verschwommen. Der Grund war, dass das Tränengas Löcher in die Netzhaut fraß, wie winzige Krater.

Ich drehte mich nach Pranvera und Besim um. »Los, beeilt euch, sonst kommt Fatmira zu spät!«

Wir begannen zu laufen. »Zu spät zu was denn?«, rief Pranvera.

Aber ich tat, als hätte ich es nicht gehört.

In der albanischen Kultur gab es eine Sitte, die *Besa* genannt wurde. Es bedeutete, dass die Ehre eines Menschen davon abhing, ob er sein Wort hielt. Aber wie sollte man sein Wort halten, wenn man an einem Ort lebte, wo es keine Wahrheit gab und man niemals wusste, ob etwas stimmte oder ob es gelogen war. Jedes Mal, wenn unsere albanische Lehrerin vor uns stand und von *Besa* redete, hätte ich sie das gern gefragt. Ich wollte ihr zeigen, wie sehr sie sich irrte. Ich wollte sie dafür bestrafen, dass sie so oft darüber sprach.

Die anderen Kinder hörten es gern. »Ja, ja«, sagten sie zustimmend. »So sind wir, wir Albaner. Wir sind stolz und wir halten zusammen.«

Bla, bla, bla, hätte ich am liebsten gesagt. Und manchmal tat ich es auch. Auf dem Schulhof warfen mir die älteren Jungen böse Blicke zu. »Du bist zynisch, Adem. Du hast keine Hoffnung. Eines Tages wirst du uns alle ins Unglück stürzen. Der Demokratische Bund arbeitet jeden Tag hart, um uns zu helfen.«

»Ich hätte ja gern Hoffnung«, erwiderte ich dann. »Aber wie kann ich denn Hoffnung haben, wenn ich nicht mal weiß, was eigentlich passiert? Erst muss ich die Wahrheit wissen, dann hoffe ich gern. Ich will Beweise dafür haben, dass es auch wirklich so ist, wie der Bund es uns erzählt. Dass alles besser werden wird. Ist das denn schlimm?«

»Es gibt Gründe, warum der Bund uns nicht alles erzählt«, sagten die Jungen. »Wichtige Gründe.«

»Ach, ja? Welche denn?«

Aber da hatten sie genug von mir und jeder ging auf seine Seite, damit unser unsichtbares Fußballspiel beginnen konnte. Jeden Tag spielten wir ein paar Minuten, als unsere eigene kleine Protestaktion. Weil ich der Torwart war, kam ich oft mit aufgeschlagenen, blutigen Knien aus der Pause. Aber das war mir egal.

Wenn wir spielten, kamen die serbischen Kinder immer von ihrem Teil der Schule herüber, stellten sich daneben und sahen uns zu. Wir durften nicht mit ihnen sprechen, sonst wurden wir bestraft. Man konnte sogar von der Schule fliegen. Die serbischen Kinder wussten das natürlich. Früher waren sie unsere Freunde gewesen, jetzt beschimpften sie uns. Sie begriffen, dass wir unser unsichtbares Fußball aus Trotz spielten.

»Ihr Albaner seid dumm, dumm wie Höhlenmenschen. Nein, wie Orang-Utans. Ihr spielt Fußball ohne Ball und kapiert nicht mal, dass das ein Unterschied ist. Wie doof wollt ihr denn noch werden?«

Wir kümmerten uns gar nicht um sie. Sogar wenn sie mit Steinen warfen, beachteten wir sie nicht – außer wenn wir getroffen wurden. Tag für Tag für Tag mussten wir unsere Wut hinunterschlucken, durften uns nichts anmerken lassen und nichts erwidern. Tag für Tag mussten wir uns ein bisschen mehr erniedrigen, aber wenn mir ein grandioser Sprung nach dem unsichtbaren Fußball gelang, fühlte ich, wie der Stolz in mir aufflammte. Und ich wusste, dass wir selbst ohne Waffen stärker waren als sie.

Plötzlich griff Pranvera nach meiner Hand und zog mich durch die Menge davon. Sie hatte einen Karren entdeckt, an dem kleine Kuchen verkauft wurden.

»Ich habe Geld«, sagte sie. »Bitte, Adem.«

Sie öffnete ihre Hand und zeigte mir die Münze.

»Na gut«, sagte ich. »Wir gucken mal, was sie kosten.«

Wir gingen zu dem Karren hinüber. Jeder Kuchen lag in einer kleinen, gefalteten Manschette aus weißem Papier. Und in den Kuchen steckten Zahnstocher mit kleinen serbischen Flaggen daran. So etwas sollten wir nicht kaufen. Aber ich merkte, dass Pranvera die winzigen Flaggen gefielen. Sie sahen aus wie Spielzeugfahnen für ein Puppenhaus.

»Bitte, ja?«, wiederholte sie und berührte eine der kleinen Flaggen mit dem Finger.

Ich drehte mich nach Besim um. Er war mit ein paar Freunden weitergegangen. Gerade wollte ich ja sagen, als Fatmira auftauchte und Pranvera wegzog. »Wir haben jetzt keine Zeit für so was«, sagte sie. »Wenn ich mein Gedicht gelesen habe, holen wir uns in dem albanischen Laden auf der anderen Seite des Flusses Eis.«

Da kam Besim zurück. Er merkte, wie angespannt wir beide waren. »Was ist los?«, fragte er.

Fatmira wandte sich ab und tat, als hätte sie es nicht gehört. Es war kurz vor sechs.

»Nichts«, murmelte ich, aber ich spürte die steigende Spannung unter den Albanern, die sich entlang des Flussufers versammelt hatten, als der Zeitpunkt näher rückte. Das hier war einfach zu gefährlich. Es war besser, wenn ich Besim entscheiden ließ, was wir tun sollten.

Aber da schlug die Uhr vom Turm neben der alten Moschee schon sechs und die fünf Schülerinnen hatten ihre Plätze in der Mitte jeder Brücke eingenommen, wie verabredet.

Das Mädchen, das am weitesten flussabwärts stand, las ihr Gedicht zuerst. Fatmira war die Zweitletzte. Alle Albaner, die unterwegs waren und die Uferpromenade entlanggingen, blieben stehen und hörten schweigend zu. Friedliche Protestaktionen waren in den letzten Jahren oft vorgekommen, deshalb wusste jeder sofort, wie er sich verhalten sollte. Niemand musste erklärt bekommen, wie oder wann er einen anderen unterstützen sollte.

Nach dem ersten Gedicht kamen noch mehr Leute

dazu. Die Menge begann im Sprechchor »De-mo-kratie!« zu rufen, immer und immer wieder. Eine Energiewelle ging durch die Reihen. Ich sah mich um. Wenn wir so weitermachten, konnten die Serben unmöglich so tun, als ob nichts wäre. Vielleicht würden wir noch in diesem Jahr unsere Schulbücher zurückbekommen.

Besim und ich standen am Rande des ausgetrockneten Flusses, während Fatmira auf der vierten Brücke auf ihren Einsatz wartete. Nun kamen die Einheiten der Miliz in ihren blauen Uniformen und Stiefeln zum Fluss gerannt und drängten die Leute mit ihren Schlagstöcken und Schilden auseinander. Sobald sie eine Gruppe aufgelöst hatten, bildete sich eine neue Traube von Albanern, die im Chor nach Demokratie riefen. Ein Jeep kam die Uferpromenade entlanggefahren. Auf dem Vordersitz stand ein Milizionär mit einem Megafon. Er befahl uns das Gelände sofort zu verlassen, sonst würden sie das Feuer eröffnen.

Ich achtete nicht darauf. Ich dachte, er meinte Tränengas. Zum zweiten Mal in dieser Woche Tränengas? Wenn Fatmira das aushielt, dann konnte ich es auch.

Besim ergriff das Wort. »Das lassen wir lieber«, sagte er. »Ich gehe sie holen. Das ist es nicht wert.«

Die Miliz setzte nun Knüppel ein, um die Menge auseinander zu treiben. Hinter mir brüllten alle durcheinander und jemand schrie auf. Plötzlich tönten krachende Schüsse aus dem Jeep. Die Miliz schoss wahllos um sich, über meinen Kopf hinweg in Richtung Fluss. Zwei Salven schnelles Maschinengewehrfeuer, jede etwa zwanzig Sekunden.

Ich rannte auf die Brücke. »Fatmira, runter! Runter!«, schrie ich.

Aber es war zu spät. Sie lag schon am Boden. Ich warf mich über sie, schüttelte sie und versuchte sie aufzurichten, aber sie rührte sich nicht. Große Hände rissen mich von ihr weg. Ich griff nach dem gefalteten Zettel, den sie in der Hand hielt, und ließ ihn in meine Tasche gleiten. Die Serben sollten das Gedicht nicht bei ihr finden.

Als der Milizionär mich fortzog, sah ich einen Blutfleck und ein kleines schwarzes Loch mitten auf ihrem Rücken, das die Kugel in den Jeansstoff ihrer Jacke gebrannt hatte. Jemand drehte sie um. Ihr Gesicht war weiß und Blut rann aus dem Mundwinkel.

Ich schrie ihren Namen, immer und immer wieder. Der Milizionär stieß mich beiseite und lud sie in den Jeep. Ich hielt mich am Türgriff fest und versuchte ebenfalls in den Wagen zu klettern. »Ich will mit!«, schrie ich. »Bringt sie nicht weg! Ich kann ihr helfen!«

Der Milizionär stieß mich fort und fuhr durch die Menge schnell davon.

»Wo bringen sie sie hin?«, schrie ich immer wieder.

Eine alte albanische Frau, die ein traditionelles schwarzes Kleid trug, kam auf mich zu und nahm meinen Arm. »Beruhige dich, es ist schon in Ordnung«, sagte sie. »Sie bringen sie ins Krankenhaus. Nicht weit von hier. Dort findest du sie.«

»Lassen Sie mich in Ruhe!«, schrie ich und riss meinen Arm los.

Pranvera drängte sich durch die Menschenmenge und umklammerte mich. Wir rannten mit Besim zum Krankenhaus, aber sie wollten uns nicht zu ihr lassen. Wir standen am Eingang, bis zwei Abgesandte des Demokratischen Bundes kamen. Aber auch sie durften nicht hinein.

»Sie ist im OP«, sagte der serbische Arzt. »Kommt morgen wieder. Dann könnt ihr sie sehen.«

Vier

Die ganze Nacht über saßen meine Eltern am Küchentisch und warteten darauf, dass der Morgen anbrach und sie in die Stadt fahren konnten. Aber dazu kam es nicht. Im fahlgrauen Licht der ersten Dämmerung brachte uns die Miliz Fatmiras Leichnam. Die eine Seite ihres Gesichts war blutverkrustet. Auch das Blut in ihren Haaren war getrocknet. Sie war schmutzig und ihrer Jacke war zerrissen. Es hatte keine Operation gegeben.

Der Milizionär übergab ihren Körper meinem Vater, der sie in die Arme nahm. Er stand in der Tür und schwankte unter ihrem Gewicht. Dann drehte er sich zu uns um, damit wir sie sehen konnten. Wir standen alle in der Diele. Sein Mund stand offen. Fatmiras Kopf fiel nach hinten zurück. Meine Mutter begann zu heulen und zu schreien und riss an Fatmiras Kleidern. Großmutter beruhigte sie, so gut sie konnte. Pranvera rannte davon, um meinen Onkel zu Hilfe zu holen.

Nachmittags kam die Familie meiner Mutter aus Pristina. Am nächsten Tag war das Begräbnis. Fatmiras Körper war gewaschen und hergerichtet worden. Nun lag sie auf dem Holzboden des muslimischen Sarges.

Über dem offenen Deckel war die rote albanische Fahne mit dem zweiköpfigen Adler ausgebreitet.

Während meine Mutter, die Tanten und Großmütter Fatmira zurechtmachten, sagte eine von ihnen: »Sie war das mutigste Mädchen, das je gelebt hat. Sie war eine Heldin des Kosovo.«

Fatmira war schön. Sie hatte lange dunkelbraune Haare, fast schwarz. Und tiefdunkle Augen. Sie hatte viel gelacht. Nun, als sie auf dem Bretterboden lag, war ihre Oberlippe ein wenig nach oben gezogen, sodass man ihre Zähne sah. Es hätte ein Lächeln sein können, wäre sie noch am Leben gewesen.

Ich wich dem Sarg und dem Gejammer aus und ging nach draußen, obwohl es nieselte. Ich lief ein paar Schritte mit meiner Kuh, streichelte ihr weiches, braunes Fell und kratzte sie mit einem Stock hinter den Ohren. Das mochte sie gern. Die meiste Zeit standen wir wegen des Regens unter den Apfelbäumen hinterm Haus. Seit dem Frühling war es einer der wenigen Tage, an denen es regnete.

Vielleicht hatte die Miliz deswegen nicht damit gerechnet, dass Tausende zu Fatmiras Begräbnis kommen würden. Aus der ganzen Kosovo-Provinz kamen die Albaner in unser kleines Dorf. Viele kamen in der Nacht an, bei Regen und Nebel, und noch mehr im Morgengrauen.

Niemand sprach. Schweigend bildeten die Leute auf der Landstraße hinauf zu unserem Haus eine Schlange. Ihre Kränze haltend, standen sie stumm in den Gräben. Einen Kranz für jeden, der bisher getötet worden war, und große Kränze für die elf anderen Kinder, die wie Fatmira in Prizren erschossen worden waren. Meilenweit wand sich die Menschenschlange nach beiden Seiten die Straße entlang.

Später hasste ich all diese Leute dafür, dass sie gekommen waren. Am besten wäre keiner gekommen.

Mein Vater und Besim hatten das Grab in unserem Kornfeld ausgehoben, nahe der Straße, damit es später jeder leicht finden konnte. Ich weigerte mich ihnen zu helfen. Ich saß im Schlafzimmer meiner Eltern und weinte. Das Grab war nichts als eine lächerliche kleine Grube. Dahinter erhoben sich die spitzen Berge Albaniens, mit den Schleichwegen, die jenseits der Grenze in die Freiheit führten.

Als es so weit war, schritt ich mit Papa, Besim und Onkel Sal an der Spitze der Prozession und half den offenen Sarg zum Grab zu tragen, vorbei an den Menschenmassen, die um Fatmira trauerten. Wir ließen ihren Körper in die Grube hinab und bedeckten ihn. Das war das Schlimmste. Die feuchten Erdklumpen fühlten sich schwer und tot an. Ich konnte es nicht ertragen. Ich konnte nicht ertragen, dass wir sie dort lassen mussten, so winzig und schutzlos am Fuße des Gebirges.

Dann kamen die Ansprachen. Für unsere politischen Führer war ein Mikrofon aufgestellt worden, das an einen Lautsprecher auf ihrem Autodach angeschlossen war. Sie trugen Anzüge und Krawatten und ihre Jacketts waren an den Schultern dunkel vom Regen. Ihre nassen Haare klebten ihnen in Strähnen am Kopf fest.

»Wir werden Fatmira niemals vergessen«, sagte einer von ihnen. »Wir müssen unseren Kurs von gewaltlosem Widerstand und internationaler Diplomatie in Schweden, der Schweiz und in den Vereinigten Staaten beibehalten. Wir müssen Ruhe bewahren und den Serben unsere Einigkeit zeigen. Fatmira war ein mutiges Mädchen. Sie ist die Tochter von uns allen.«

Das war doch gelogen! Ich ballte die Fäuste und bohrte mir die Fingernägel in die Handflächen. Ich wollte, dass meine Hände bluteten, aber sie taten es nicht. Wie konnten diese Leute es wagen über meine Schwester zu reden? Sie hatten sie nicht mal gekannt und nun taten sie, als wäre Fatmira ihre eigene Tochter oder Schwester gewesen. Sie würden sie zwingen ewig zu leben und aus unserer Familie würde die Familie von Fatmira werden.

Als die Reden gehalten wurden, näherten sich auf der langen Bergstraße von Prizren serbische Milizionäre und Panzer. Langsam kamen sie zu unserem kleinen Dorf heraufgefahren. Sie schossen Patronen mit Tränengas in die Menge. Und dieses eine Mal freute ich mich darüber. Wegen des Tränengases und des Regens verschwanden die Leute nach kurzer Zeit. Es war vorbei. Und mein Leben würde weitergehen, wie es immer gewesen war.

Ich wollte mich an den Gedanken gewöhnen, dass Fatmira tot war. Ich wollte wieder so sein wie die anderen Kinder, doch das war unmöglich, wenn ich an Fatmira dachte. Ihr Name bedeutete »viel Glück«. Aber das Glück hatte unsere Familie für immer verlassen.

Den ganzen September über kamen die Leute jeden Tag an Fatmiras Grab und legten Blumen nieder. Ich konnte keine Blumen mehr sehen. Gepflückte Blumen waren schwach. Ohne Erde, ohne Wasser welkten sie in der heißen Sonne schnell dahin. Dann schickte mich meine Mutter ans Grab, damit ich sie einsammelte. Dahlien verloren Millionen winziger, schwertförmiger Blütenblätter, die ins Gras fielen. Und ich musste sie auflesen.

Auf unserer Straße standen nun jeden Tag Soldaten. Manchmal ließen sie jeden durch. Manchmal hielten sie Leute an, fragten nach ihren Ausweisen und zwangen sie zu gehen. Pranvera und ich sahen vom Fenster aus zu. Fast immer stand ein Militärfahrzeug bei uns vorm Haus. Wenn wir hinausgingen, liefen wir niemals weiter als bis zum Ende unseres Feldes.

Zuerst kam es mir immer so vor, als sei Fatmira noch im Haus, als könnte sie jeden Moment ins Zimmer treten. Ich hörte ihre Stimme und mein Herz begann zu pochen wie das eines erschreckten Vogels, bis mir wieder klar wurde, dass sie tot war und unter einem Haufen Erde lag.

Vielleicht war ich es, der sich in einen Geist verwandelt hatte. Ich sprach mit niemandem mehr außer mit Pranvera und in meiner Wut kommandierte ich sie bei jeder Gelegenheit herum und schrie sie an.

Ich begann genauso viel Zeit wie Besim in dem kleinen Bad mit den Betonwänden zu verbringen, das hinter der Küche lag. Es war nicht geheizt und hatte keine richtige Toilette, nur ein Plumpsklo und ein Waschbecken. Aber an der Innenseite der Tür gab es einen Spiegel. Darüber hingen die Sachen, die mein Vater zur Landarbeit anzog, und ein großes, schmutziges Handtuch, das schon ganz zerschlissen war und das er benutzte, wenn er vom Feld kam. Ich schob es beiseite und starrte mein Spiegelbild an. Was hatte ich getan? War ich schuld am Tod meiner Schwester, weil ich ihr Geheimnis für mich behalten hatte? Wie sollte ich so bloß weiterleben? Wie konnte meine Familie so weiterleben, wenn meine Mutter jeden Abend weinte, während sie und Großmutter das Essen auftrugen?

Ich brachte nichts herunter. Es begann am Abend nach dem Begräbnis, als es Hammel gab. Am Tag zuvor war das Fleisch gekocht worden und hatte dann die Nacht über im kalten Ofen gestanden. Als meine Mutter es auftrug, hatte sie es schon in große Stücke geschnitten, trockene Klumpen aus Fleisch und Knochen. Pranvera brachte uns Brot, Cola und bitteren Salat mit gehackten Schalotten. Meine Mutter lud auf jeden Teller einen Fleischbrocken. Der Geruch nach Hammelfett schnürte mir die Kehle zu.

»Nun iss schon!«, sagte mein Vater und zeigte mit seinem Messer auf meinen Teller. Er aß, als sei er am Verhungern.

Ich konnte nicht schlucken. Sogar die Cola schmeckte furchtbar, merkwürdig metallisch statt süß. Meiner Mutter liefen die Tränen herunter. Sie putzte sich schon wieder die Nase, die schon ganz rot und wund war. Wie konnte ein einziger Mensch bloß so viele Tränen in sich haben?

Mein Vater beugte sich zu mir herüber. »Lass dir von den Serben nicht auch noch den Appetit verderben!«, flüsterte er.

Besim war offenbar eifersüchtig, weil ich im Mittelpunkt stand. »Dann gib mir dein Fleisch«, sagte er.

Ich schob das Stück Hammel auf seinen Teller. Er nahm auch den Salat.

Von diesem Tag an hatte ich Schwierigkeiten zu schlucken. Das Essen schien mir im Hals stecken zu bleiben. Ich magerte ab. Ich wusste schon, dass ich nicht mehr wuchs. Wenn ich in den Spiegel sah, wirkte mein Kopf groß. Die Nase, die Ohren waren fast wie die eines Mannes, aber meine Schultern waren schmal und eingefallen. Meine Arme und Beine waren in die Länge geschossen – zumindest hatten sie damit begonnen –, aber mein Körper blieb, wie er war.

Ich sah unförmig aus. Wie eine Missgeburt. Wenn ich in den Badezimmerspiegel starrte, flüsterte ich mir die schlimmsten Namen zu, die mir einfielen. Ich bestrafte mich für das, was ich getan hatte.

Meine Mutter wusste, dass ich im Bad war. Sie hörte, wie ich Vaters Kleider über dem Spiegel beiseite schob. Eines Abends platzte sie nach zehn oder fünfzehn Minuten herein und schrie mich an: »Es reicht, es reicht! Hör endlich auf damit!« Sie rieb meine Schultern mit aller Kraft, als würde dadurch die Energie in meinen Körper zurückkehren. »Geh ein bisschen spazieren, ja? Du musst mal an die frische Luft.«

Ich ging hinaus und schlenderte die Straße hinunter zum Dorfpark. Dort spielten ein paar serbische Jungen

Fangen, aber ich tat so, als wären sie unsichtbar. Sie interessierten mich nicht.

Also ging ich weiter. Ich sah, dass Milos unter ihnen war. Als ich näher kam, rief einer von ihnen: »Geh doch zurück nach Albanien, wo du hingehörst!« Sie taten es wegen Fatmira. Wahrscheinlich hatten ihre Eltern ihnen gesagt, dass ich ein Unruhestifter sei.

»Serbien den Serben!«, schrie ein anderer.

Ich senkte den Kopf, damit sie die Tränen in meinen Augen nicht sahen.

»Haltet die Klappe, ihr beiden!«, rief Milos.

Er nahm den Ball und lief zu mir hinüber. Er wusste, dass ich weinte, dazu kannte er mich gut genug. Einen verrückten Moment lang dachte ich, dass wir wieder Freunde werden könnten. Er ging neben mir her. Eine ganze Weile schwiegen wir. Ich kickte einige Steine fort, die auf der Straße lagen.

»Tut mir leid, das mit deiner Schwester«, sagte er schließlich.

Ich nickte.

»Aber die Beerdigung, Adem!«, brach es aus ihm heraus. »Warum müsst ihr so was tun?«

Ich blieb stehen und sah ihn an. Ich wusste nicht, was er meinte. »Was denn?«, fragte ich.

»Warum macht ihr immer diese große Demonstrationen? Bosnien und Kroatien haben das alte Jugoslawien doch schon genug gespalten. Glaubst du, unsere Armee kann bei solchen Demonstrationen einfach tatenlos zusehen? Wir müssen die Ordnung im Kosovo erhalten, begreifst du das nicht?«

»Aber nicht, indem ihr Menschen umbringt. Nicht mit Gewalt«, erwiderte ich.

»Wir müssen Gewalt anwenden, etwas anderes versteht ihr ja nicht. Ihr versucht uns aus dem heiligen Herzen unseres Landes zu vertreiben, aus der Heimat des serbischen Volkes!«

»Nein, das tun wir nicht. Das ist nicht wahr.«

»Oh, doch«, sagte Milos. »Ihr habt eine Regierung albanischer Verräter gewählt, die uns stürzen wollen. Das war illegal. Deswegen musste unser Präsident die Panzer schicken. Und solange ihr euch nicht fügt, wird es Kämpfe geben«, fügte er ernst hinzu. »Daran seid ihr selber schuld. Bitte, Adem. Hör mir doch zu.«

Ich konnte nicht sprechen. Ich konnte ihn nur anstarren. Nichts von dem, was er sagte, war wahr, nicht das kleinste bisschen. Aber trotzdem war er vollkommen davon überzeugt. Zwischen uns klaffte ein Abgrund. Ich wusste nicht, was ich sagen sollte, schluckte die Tränen hinunter, schüttelte den Kopf und ging davon.

Ich lief zu einem kleinen Kiosk, wo Wasser und Süßigkeiten verkauft wurden, und erstand eine Packung Kaugummi. Langsam wickelte ich das Papier ab und machte mich auf den Rückweg, den Berg hinauf zu unserem Haus. Es sollte ganz normal aussehen, wie ein Junge, der Kaugummi gekauft hatte, sonst nichts.

Als ich nach Hause kam, saß Besim vor dem Fernseher. Ich setzte mich neben ihn auf das Sofa und erzählte ihm von mir und Milos. »Er glaubt wirklich, dass wir Serbien zerstören wollen«, sagte ich.

Besim zuckte mit den Schultern. »Was hast du erwartet? Die Serben lügen nun mal, so ist das eben!«

Er stand auf, um umzuschalten. Ich streckte mich auf dem anderen Sofa aus und stopfte mir das Kissen unter den Kopf. Fatmira fehlte mir so. Sie würde mir immer fehlen.

Fünf

Der Oktober hatte begonnen, die Beerdigung lag nun einen Monat zurück. In Amerika hatten sie einen gruseligen Feiertag, der Halloween hieß. Besim brachte vom Schwarzmarkt ein paar Horrorfilme mit nach Hause, die er für unseren Videorecorder überspielt hatte. Wir sahen sie immer wieder. Mir gefielen das ganze Blut, die Gewalt, die Leichen und die grünen Fingernägel. Und die entstellten Körper – Bucklige und Werwölfe. Vampire und heulende Hunde.

»Hört auf damit, ihr beiden«, sagte meine Mutter. »Es gibt eine Menge Besseres zu tun. Die Gruben für die Kartoffeln müssen ausgehoben werden. Wir brauchen drei davon. Und was ist mit den Paprika?«

Als wir nicht reagierten, stellte sie sich direkt vor den Bildschirm.

»Schluss jetzt! Wollt ihr in diesem Winter hungern? Ich erwarte eine Antwort!«

Meine Mutter ging uns die ganze Zeit auf die Nerven, aber sie schaltete den Recorder nicht einfach ab, weil Besim und ich Männer waren. Albanische Jungen hatten es wirklich gut. Ich war froh, dass ich kein Mädchen war.

Sie drückte mir einen Karton in die Hand. Ich stülpte ihn mir über den Kopf und sah durch die Schlitze zum Fernseher.

»Du treibst mich noch zum Wahnsinn!«, schrie sie nach einer Weile. »Glaubst du etwa, ich bin nicht genauso unglücklich, Adem? Meinst du, du bist der Einzige, dem es so geht?«

Alle, sogar Fatmira, hatten mir immer vorgeworfen, dass ich immer nur an mich dächte. Dabei meinte ich es gar nicht so.

Meine Mutter fing an zu weinen. Ich hatte ein schlechtes Gewissen, ging nach draußen und tat mein Bestes den Karton mit roten und gelben Paprika zu füllen. Während ich mich über die schlanken Pflanzen beugte, musste ich an Fatmira denken. Wie sie sich am ersten Schultag, als wir das Tränengas abbekommen hatten, um die kleineren Kinder gekümmert hatte. Wie sie mich zurückgehalten hatte, als ich aufsprang und zur Schule zurückwollte, und mir erklärt hatte, dass die Lehrer dann vielleicht noch mehr geschlagen würden. Daran hatte ich einfach nicht gedacht. Vielleicht hatten Mama und Fatmira wirklich Recht. Aber was konnte ich tun, um mich zu ändern? Ich füllte den Karton, bis die Paprika fast herausfielen. Alle hatten Respekt vor Fatmira gehabt. Alle hatten gedacht, dass sie eines Tages zu den Anführern gehören würde.

»Sieh an, ein richtiger Landarbeiter!«, rief mein Onkel Sal mir vom Kutschbock herunter zu. Unser altes Pferd zog den Wagen zum Haus.

Er und mein Vater brachten tonnenweise Kartoffeln,

die wir zum Überwintern in lange Erdhügel eingraben wollten, damit sie austrieben und im Frühjahr gepflanzt werden konnten. Ich sah zum Feld hinüber. Die Schultern meines Vaters hingen schlaff herunter. Ich schwor mir, dass ich am nächsten Tag die Hügel graben würde, damit die Kartoffeln vor dem Frost sicher waren, und es war mir sogar egal, ob Besim mir half oder nicht. Mir war vorher nie aufgefallen, wie viel Fatmira bei der Landarbeit mitgeholfen hatte. Ohne sie würde das Umgraben eine einzige Plackerei werden, aber das Gemüse musste eingebracht werden, bevor der erste richtige Frost kam, sonst verdarb alles.

Ich trug den Karton mit den Paprika in die Küche, um ihn meiner Mutter zu zeigen. Sie rollte gerade den hauchdünnen Burek-Teig aus. Mit einem Besenstiel walzte sie ihn auf dem Küchentisch aus. Weißer Mehlstaub klebte an ihren Händen, deswegen konnte ich ihr die Schachtel nicht geben. Ich stellte mich neben sie. Sie schien in Gedanken, rollte den Teig aus, zupfte ihn mit einer raschen Bewegung zurecht und rollte noch mal. Auf einem Teller lagen kleine Klumpen aus weißem Teig und warteten, bis sie an der Reihe waren, plattgewalzt zu werden. Plötzlich bemerkte sie mich. Ich stand noch immer da und hielt die Paprika.

»Adem!«, rief sie. »Oh, danke!« Sie rieb sich die mehligen Hände, nahm mein Gesicht und gab mir einen dicken Kuss auf die Wange.

Ich ging hinaus und stellte den Karton am Hintereingang ab.

Um zwei Uhr nachts kam die Miliz. Ich schlief auf dem Sofa im Wohnzimmer. Es war ein leichter, unruhiger Schlaf und ich wälzte mich rastlos hin und her. Besim schlief tief und fest auf dem anderen Sofa. Er lag auf dem Rücken und schnarchte.

Als die Jeeps vorfuhren, war ich schon wach, als hätte ich die ganze Zeit auf sie gewartet. Anfang Oktober war es nachts schon kalt im Haus. Wir wohnten weit oben, nahe den Bergen. Ich fror an den Füßen, als ich über die kalten Marmorfliesen tappte, und mein Flanellhemd war viel zu klein. Unten guckten die Beine heraus wie bei einer Vogelscheuche.

Ich öffnete im selben Moment, als sie an die Tür hämmern wollten.

Das verblüffte sie und sie mussten lachen. Dann sagte der Anführer auf Serbisch: »Mach das Licht an!«

Ich drückte auf den Schalter, aber es blieb dunkel. Kein Strom. Der Anführer fluchte und zog eine große Taschenlampe hervor.

»Papa, Papa!«, schrie ich, als sie an mir vorbeidrängten.

Besim und Papa schliefen beide wie Steine. Meine Mutter erwachte als Erste und kam hastig die Treppe herunter. Alle sechs Polizisten standen nun im Zimmer. Einer stieß Besim mit seiner Waffe in die Seite, um ihn zu wecken. Als Besim die Augen aufschlug und das Gewehr zwischen seinen Rippen sah, schrie er vor Entsetzen auf. Die Polizisten lachten und zogen ihn unsanft auf die Füße, den Schein ihrer Taschenlampen hatten sie auf sein Gesicht gerichtet.

»Wo sind die Waffen, die ihr hier habt?«, schrien sie ihn an. Vielleicht waren sie gekommen, um ihn zur Volksarmee einzuziehen?

Besim standen die Haare zu Berge wie der Kamm eines Gockels. Er starrte sie sprachlos an. Die Männer begannen das Wohnzimmer auf den Kopf zu stellen und alles zu durchsuchen. Mein Vater kam die Treppe herunter und meine Großeltern traten aus ihren Zimmern. Die Polizisten stießen die Tische um, schleuderten Bilder zu Boden und zerschlugen die guten türkischen Kaffeetassen, die an den grünen Rändern mit goldenen Blattranken verziert waren. Sie warfen unsere Fotoschachteln herunter und trampelten darauf herum. Einer der Polizisten hockte sich daneben und versuchte sie mit einem Streichholz anzuzünden. Sie rissen die roten Samtvorhänge meiner Mutter herunter, während sie sie anflehte es nicht zu tun.

Wir sahen zu, wie sie unsere Küche verwüsteten, das Mehl und das Salz verstreuten. Als hätten wir Waffen im Mehl.

»Bitte«, sagte mein Vater. »Wir haben keine Waffen. Überhaupt keine.«

»Gib es schon zu!«, sagte einer und schlug ihm quer übers Gesicht. Mein Vater schwieg.

Sie gingen nach oben. Wir konnten hören, wie sie in den Zimmern randalierten, Wandschränke auseinander nahmen, unsere Kleider zu Boden warfen, Tische und Betten umstießen. Lachend kamen sie die Treppe herunter, ihre Schlagstöcke in der Hand. Zwei packten meinen Vater bei den Armen und drehten sie ihm auf den

Rücken, sodass er nach vorn gebeugt fast zwischen ihnen hing. Sie wussten, dass es für einen albanischen Mann die schlimmste Demütigung war vor den Augen seiner Familie erniedrigt zu werden. Meine Mutter nahm den kleinen Halil auf den Arm und presste sein Gesicht an ihre Schulter, damit er es nicht sah.

Sie stießen uns ihre Gewehrläufe in den Leib, und Besim, Pranvera, meine Mutter, meine Großmutter und ich mussten uns in der Diele der Reihe nach aufstellen, während sie meinen Vater festhielten. Sie traten ihm zwischen die Beine und schrien: »Keine Kinder mehr, du Tier!«

Mein Vater stöhnte und krümmte sich unter den Tritten, aber wegen uns versuchte er nicht zu schreien. Wir rührten uns nicht und keiner gab einen Laut von sich, nicht einmal Halil. Sie schlugen ihn mit ihren Knüppeln auf den Rücken und in die Seiten, dann ins Gesicht. Wir hofften, dass sie ihn nicht mitnehmen würden, wenn wir uns nur ruhig verhielten. Also versuchten wir gar nicht erst uns zu wehren.

»Wer hat die Beerdigung organisiert? Wer ist euer Anführer?«

»Ich weiß nicht!«, rief mein Vater. »Niemand hat etwas organisiert. Die Leute sind einfach gekommen.«

»Lügner! Sag uns, wer es organisiert hat! Wir wollen Namen.«

»Ich weiß nichts.«

Wieder schlugen sie ihm ins Gesicht und auf den Kopf. Das Blut lief ihm aus der Nase. Die eine Gesichtshälfte war schon angeschwollen. Einer der Polizisten hob seinen Knüppel und schlug ihm aufs Ohr. Mein Vater taumelte, aber er konnte nicht fallen, weil sie ihn festhielten. Nach zehn Minuten hielten sie atemlos inne. Mein Vater war bewusstlos, aber wir konnten hören, wie er röchelnd nach Luft rang. Bestimmt waren seine Rippen gebrochen. Mit Sicherheit.

Vor lauter Angst und Entsetzen hatte ich mir in die Hose gemacht. Ich sah, dass es Besim ebenso ergangen war. Ich schämte mich furchtbar und hoffte, dass die Männer es nicht bemerken würden.

Sie zogen meinen Vater zur Haustür. Zwei Männer trugen ihn davon.

»Halt! Halt! Wo bringt ihr ihn hin?«, schrie meine Mutter und rannte an die Tür. »Er braucht einen Arzt!«

Sie antworteten nicht. Einer der Männer, er war hoch gewachsen, drehte sich um und schob meiner Mutter das Gewehr zwischen die Beine.

»Keine albanischen Kinder mehr!«, sagte er. »Besser, du lernst dich zu beherrschen!«

Dann stießen sie meinen Vater in den Jeep und fuhren davon. Wir wussten nicht, wohin sie ihn brachten.

Wir drehten uns um und sahen auf unser Haus. Die Wände standen zwar noch, aber alles war zerstört.

»Mama«, flüsterte ich. »Lass uns von hier fortgehen. Bitte, lass uns weggehen.«

Wenn sie einmal gekommen waren, dann kamen sie immer wieder. Das war die Regel. Wir kannten eine ganze Reihe von Leuten, die das erlebt hatten, aus dem einen oder anderen Grund. Aber meine Mutter hörte mich nicht.

Am nächsten Tag ging meine Mutter mit meinem Großvater nach Prizren, um zu sehen, ob sie meinen Vater ausfindig machen konnten. Es war wichtig der Miliz zu zeigen, dass wir ihn suchten. Aber sie erfuhr gar nichts von ihnen. Später am Nachmittag ging sie noch einmal hin. Sie nahm einen albanischen Arzt mit und bat um Erlaubnis, dass er meinen Vater untersuchte. Aber sie ließen es nicht zu.

Am Abend kamen zwei Anführer des Demokratischen Bundes aus Prizren, um mit uns zu sprechen. Dr. Dedusha, der Leiter der Stelle in Prizren, war auch dabei. Sie rieten meiner Mutter Ruhe zu bewahren. Sie würden ihr helfen meinen Vater zu finden. Sie fotografierten das verwüstete Haus und meine Mutter musste genau beschreiben, was passiert war. Das alles käme in die Akte zur Verletzung der Menschenrechte.

Während sie sich lange mit meiner Mutter und mit Großvater unterhielten, saßen Pranvera, Besim und ich schweigend nebeneinander auf einem der Sofas, wie es sich gehörte. Großmutter servierte ihnen kleine Gläschen mit Raki und dazu Kekse, die schön ordentlich auf einem Teller lagen. Ich starrte auf das Kreismuster aus Keksen. Wie lächerlich die Menschen doch waren. Einerseits legten sie Muster aus Keksen, die sowieso aufgegessen wurden. Andererseits zerstörten sie einander aus lauter Hass. Es war merkwürdig, dass ich noch lebte und Fatmira nicht. Und dass mein Vater eingesperrt wurde, obwohl er gar nichts verbrochen hatte. Das alles ergab doch keinen Sinn.

Nachdem sie gegangen waren, sagte meine Mutter:

»Sie sagen, dass sie uns helfen wollen, aber was heißt das schon? Wir sind bloß einfache Dorfleute, Bauern, keine Ärzte oder Richter. Adem, lauf und hol Avnis Vater.«

Ich zog meine Schuhe an und rannte die Straße hinauf zu Avnis kleinem Haus aus Stein. Die Ziegen, die vorn auf dem Hof sonst frei zwischen den Felsen herumstreiften, hatten für die Nacht unter den rostigen Metallplatten Schutz gesucht, die an der Hauswand lehnten. Um ein Haar wäre ich auf ein schlafendes Huhn getreten, als ich an die Tür klopfte.

»Avni, Avni!«

Avni und seine Mutter öffneten die Tür und lugten misstrauisch hinaus. Avnis Mutter war ein Koloss. Ich konnte das nicht begreifen, denn ihre Kinder waren so dünn. Sie war kurzatmig und keuchte ständig.

»Guten Abend«, sagte ich höflich. »Meine Mutter möchte mit Ihrem Mann sprechen.«

»Warum?«, fragte sie.

»Was Geschäftliches.«

Sie antwortete nicht, ging ihn aber holen, während Avni an der Tür lehnte und mich anstarrte. Hinter ihm saßen in der Küche seine zwei kleinen Geschwister und sahen unter verfilzten, wirren Haaren zu mir herüber.

Avnis Vater hieß Driton, das bedeutet »Licht«. Es war üblich bei uns den Kindern solche Namen zu geben. Pranvera bedeutete »Frühling«, Besim »Ehre«. Ich war nach einem albanischen Schriftsteller benannt, Adem Demaqi, der ins Gefängnis musste, weil er über die Demokratie geschrieben hatte. Er war siebenundzwanzig Jahre lang in politischer Gefangenschaft gewesen. Jetzt gehörte er zum Demokratischen Bund.

Driton kam in einem abgetragenen grauen Sakko an die Tür, dazu trug er ein senffarbenes Hemd und dunkle Hosen mit Rissen. Ich hatte meine Winterjacke an und die Hände tief in den Taschen vergraben. Ich befürchtete, dass er unterwegs frieren würde, auf dem Weg den Berg hinab bis zu unserem Haus.

»Wollen Sie sich einen Mantel holen?«, fragte ich.

»Nein. Es ist schon in Ordnung«, sagte er. »Gehen wir.«

Er ging voran, und als er bei uns ankam, ging er hinein ohne zu klopfen. Großvater und meine Mutter empfingen ihn an der Tür und scheuchten mich dann hastig aus dem Zimmer und die Treppe hinauf. Was in aller Welt konnten sie nur von ihm wollen? Vielleicht boten sie ihm Geld, damit er herausfand, wo mein Vater festgehalten wurde. Ich saß auf der obersten Stufe und wartete.

Zuerst wurden ihre Stimmen laut, es wurde hin und her gestritten. Ich hörte, wie Driton sagte, es sei zu gefährlich für ihn da mit hineingezogen zu werden. Dann zählte mein Großvater all die Gelegenheiten auf, bei denen er Dritons Familie schon geholfen hatte. Wenn der Tag zu Ende ging, hatte meine Großmutter einem von uns oft einen Brotlaib gegeben, den wir ihnen bringen sollten. Wir hatten sie vor dem Verhungern bewahrt, sagte mein Großvater. Da wurde Driton still. Er versprach uns zu helfen, so gut er konnte.

Was, wenn mein Vater nie wieder nach Hause kam?

Warum nur hatte ich Fatmira mit ihrem Gedicht auf die Brücke gehen lassen? Wie hatte eine Hand voll ungesprochener Worte unsere Familie so ins Unglück stürzen und unser Leben für immer verändern können?

Ich trug das Gedicht immer bei mir in der Tasche. Nun holte ich es hervor, wie ich es schon tausendmal getan hatte. Ich verstand nicht alles darin, aber irgendwie war ich mir sicher, dass es der Schlüssel zu all jenen stummen Rätseln war, die mich umgaben.

Kinder, haltet still

von Fatmira Hoti

Inmitten von Blumen mit schwarzen Gesichtern
vertrocknet unser Fluss. Wie klappernde Gebeine
liegen die Steine in ihrem Bett. Feindliche
Schüsse knattern über das Kopfsteinpflaster.
Man kann uns zum Verstummen bringen,
aber wir sind noch Kinder und jeden Frühling
kommen wir wieder
und rennen über die alten Brücken,
mit vielen Stimmen,
rufend und lachend
im neuen Regen.

Wenn ich nur gewusst hätte, was sie meinte, hätte ich vielleicht etwas tun können. Alles, was ich verstand, war, dass sie versucht hatte ihre Stimme zu erheben. Aber wir sollten ruhig sein, sollten »stillhalten«. Das verlangten nicht nur die Serben von uns, auch der Demokratische Bund verlangte es. Nur die Anführer des Bundes durften über Politik reden, damit wir der Welt unsere Einigkeit zeigen konnten. Mit ihren Gedichten hatten Fatmira und die anderen Mädchen diese Regel gebrochen.

Fatmira war der kluge Kopf der Familie gewesen. Mein Vater hatte allen erzählt, dass sie nach Pristina auf die Universität gehen würde, wenn sie achtzehn war – bis die Serben den Zutritt für Albaner verboten. Von da an prahlte er damit, dass er sie über die Berge bringen würde, in die Freiheit, und dass sie eines Tages wieder nach Hause zurückkäme und uns alle retten würde. Dazu war sie immer schon bestimmt gewesen.

Ich konnte es nicht erwarten, dass Driton endlich ging. Ich wollte wieder hinunter, auf der Stelle einschlafen und nie wieder aufwachen.

Sechs

Fünf Tage lang ging meine Mutter jeden Tag zur Miliz. Jedes Mal bekam sie das Gleiche zu hören: Sie wüssten nicht, wo mein Vater sei. Möglicherweise sei er längst tot, meinten sie. Er könnte an einem Schädelbruch oder an einer inneren Blutung gestorben sein. So was kam vor.

Es wurde Oktober und bitterkalt, während mein Vater verschwunden blieb. Besim und ich verbrachten sechs Stunden am Tag damit, Brennholz zu hacken und am Hintereingang zu stapeln. Zur Schule gingen wir nicht. Am fünften Morgen hatten wir sogar einen Schneesturm. Meine Mutter und Pranvera hatten inzwischen das meiste im Haus wieder in Ordnung gebracht. Ich trug die zerrissenen Kleider und Bücher und einen zerschlagenen Tisch nach draußen und verbrannte alles auf dem Abfallhaufen hinter den Apfelbäumen. Das Feuer prasselte und knackte, Asche stieg auf und vermischte sich mit den großen Schneeflocken, die langsam vom Himmel herabsegelten. Von unten betrachtet sah beides, Asche und Schnee, fahlgrau aus und war nicht voneinander zu unterscheiden.

Pranvera brachte eine Plastiktüte voll zerrissener,

schmutziger Fotos heraus, die meine Mutter verbrannt haben wollte. Ich warf den ganzen Stoß ins Feuer. Wie eine Platte lagen sie obendrauf und erstickten anfangs fast die Flammen. Der Rauch schloss sie ein und sie begannen sich an den Rändern zu wellen und liefen braun an.

Ich stocherte mit meinem Stock in den Fotos herum. Da entdeckte ich eins von Fatmira, das vor einigen Jahren aufgenommen worden war. Wir waren nach Montenegro gefahren, an den Strand. Das war noch in der Zeit vor dem Embargo gewesen, als wir Benzin hatten und reisen durften. Ihren Kopf hatte sie schräg zur Seite gewandt und sie lachte. Ich erinnerte mich genau an diesen Tag – wie wir stundenlang wild im Wasser herumgetobt hatten und dann im warmen Sand lagen. Es war ein glücklicher Tag gewesen, einer ohne Angst. Ich streckte meine Hand aus, nahm das Foto aus dem Feuer und steckte es in meine Tasche. Dann sah ich zu, wie die restlichen Bilder in Flammen aufgingen.

Irgendwie fand ich es schön unsere Sachen zu verbrennen. Ohne meiner Mutter etwas davon zu sagen nahm ich meine Pyjamas mit hinaus und verbrannte sie auch. Von nun an würde ich in meinen Kleidern schlafen.

Die Flammen wärmten mein Gesicht. Ich fühlte meine Haut, die die Luft und den Rauch ringsum von mir abhielt und mein Inneres beschützte, das keiner jemals völlig begreifen würde. Lange stand ich so am Feuer. Ich fühlte, dass ich lebte und unabhängig war, dass das Herz in meiner Brust schlug. Es war ein Gefühl, das ich mit Fatmira teilen wollte. Sie hätte mich verstanden.

An diesem Abend, nach dem Essen, kam Avnis Vater wieder. Als ich die Tür öffnete, begrüßte er mich kaum, drängte sich an mir vorbei und ging eilig Richtung Ofen. Er nahm Platz und wollte schon etwas sagen, aber mein Großvater gab Pranvera ein Zeichen und sie brachte für jeden ein Glas Raki. An dem einen Abend gab es Raki für Dr. Dedusha, am nächsten für einen Spitzel. Unser Leben war wirklich eine Farce.

Raki war ein klarer Obstschnaps, der wie flüssiges Feuer schmeckte. Jeden Herbst machte mein Großvater welchen aus den Weintrauben, die bei uns im Hof wuchsen. Er schmeckte scheußlich. Aber sie waren verrückt danach. Raki gehörte zur Tradition, sagte mein Vater. Wen interessierte das? Besim und ich saßen etwas abseits auf dem Sofa und schwiegen. Auch das gehörte zur Tradition.

Driton räusperte sich. »Morgen um vier, am Hintereingang der Wache. Da lassen sie ihn frei. Aber keine Menschenmassen, das müsst ihr mir versprechen. Keine Demonstrationen. Der ganze Papierkram ist schon erledigt. Und ihr nehmt besser ein Auto. Er ist sehr schwach.«

»Hast du ihn gesehen?«, schrie meine Mutter.

Driton nickte.

»Wie schlimm ist es?«, fragte sie.

Driton zögerte. »Es geht ihm schon besser.«

»Aber wie schlimm ist es?«, wiederholte sie beharrlich.

»Ich ... Ich habe Schlimmeres gesehen.« Driton leerte sein Rakiglas auf einen Zug und hustete. »Vielleicht lassen sie euch nun endlich in Ruhe.«

»Hat die Miliz das gesagt?«, fragte sie schnell.

»Nein«, sagte er. »Sie garantieren gar nichts.«

»Die wissen ja nicht, was sie tun«, sagte mein Großvater verbittert. »Das geht alles ganz nach Lust und Laune. Einen Tag so, am nächsten so. Völlig willkürlich. Wir sind denen doch ganz gleichgültig, so gleichgültig, dass sie sich nicht mal die Mühe machen darüber nachzudenken, was aus uns werden soll. Die Nazis damals waren genauso!«

Meine Mutter stand auf und verließ wortlos den Raum. Anscheinend holte sie das Geld, das oben versteckt war. Sie wollte nicht, dass Driton sah, wo wir es verwahrten. Wenn die Miliz knapp bei Kasse war, fuhren sie die Häuser ab und nahmen alles Geld mit, das sie finden konnten. Driton hätte sich leicht ein kleines Zubrot verdienen können, wenn er ihnen verriet, wo unsere Sparbüchse versteckt war.

Sie kam zurück, gab ihm das Geld und er zählte es. Dann erhob er sich. Auch meine Großmutter stand auf und begann die kleinen Rakigläser auf das Silbertablett zu räumen.

»Danke«, sagte Driton. »Gute Nacht.«

»Mit Geld und Raki weiß er plötzlich wieder, was sich gehört«, murmelte meine Großmutter, als sie in die Küche ging.

Am nächsten Tag besorgte der Demokratische Bund meiner Mutter ein Auto und einen Arzt, der meinen Vater nach Hause fahren würde. Wir stellten uns draußen vor die Haustür und warteten zwei Stunden lang. Hoffentlich war nichts schief gegangen.

Der kleine Halil wurde unruhig und quengelte die ganze Zeit. Zuerst hielt ich ihn, dann Pranvera, aber er hörte einfach nicht auf zu strampeln und zu schreien. Schließlich musste meine Großmutter mit ihm hineingehen. Gegen sechs kamen immer mehr Leute aus dem Dorf zu unserem Haus, um ebenfalls zu warten. Jeder wollte sehen, wie schlimm sie meinen Vater zugerichtet hatten. Jeder war neugierig, egal, ob Serbe oder Albaner. Ich wurde wütend, als ich sie dort stehen sah.

Das Auto hielt vor unserem Haus. Die Menge wich zurück. Meine Mutter und der Arzt stiegen aus, nahmen meinen Vater zwischen sich und halfen ihm ins Haus. Pranvera und ich rannten hinterher und schlugen die Tür zu. Der Fahrer wartete draußen im Wagen, um den Arzt später wieder nach Prizren zurückzubringen.

Sie legten meinen Vater im Wohnzimmer auf ein Sofa. Pranvera und ich hatten sofort den Ofen angemacht, nachdem meine Mutter das Haus verlassen hatte, damit es schön warm wurde. Ich konnte es nicht fassen, dass sein Gesicht auf der einen Seite immer noch so stark geschwollen war. Es sah aus wie ein aufgepumpter Ball, blau und grün statt hautfarben. Ein Ohr war schlimm geschwollen und der Arzt sagte, er könnte auf dieser Seite nichts mehr hören. Die vorderen Zähne hatten sie ihm ausgeschlagen und die Oberlippe war aufgeplatzt und mit Schorf bedeckt. Er roch nach Schweiß und Urin.

Aber das Schlimmste war, dass er uns nicht zu sehen schien. Er schien gar nicht zu merken, dass er zu Hause war.

»Wir haben dich gerettet, Papa«, sagte Pranvera. Aber er reagierte nicht.

»Willkommen zu Hause, Papa«, sagte ich. »Wir haben dir den Ofen angemacht.« Aber es spielte keine Rolle, ob mein Vater es warm hatte. Es war ihm gleichgültig.

Sieben

In einem Teil unseres Hauses, einem Raum, der zur Straße hin lag, unterhielt meine Großmutter einen kleinen Laden, wo man Brot, Eier, Jogurt und Süßigkeiten kaufen konnte. Von außen konnte man kaum erkennen, dass es ein Laden war. Der einzige Hinweis war die verblasste Aufschrift auf einem Stück Holz, das an der nackten Betonwand lehnte. Auf dem Schild stand *Buke*, Brot. Manchmal verkaufte meine Großmutter auch Cola.

Jeder hier pflanzte Paprika, Schalotten, Salat und Kartoffeln an, genau wie wir. Aber morgens kamen die Leute zu meiner Großmutter in den Laden, um sich Brot und Eier zu holen. Das Brot wurde von Frauen im Dorf in aller Frühe gebacken und dann zu einem lächerlich geringen Preis verkauft. Trotzdem bewahrte uns der Verkauf vor dem Verhungern. Selbst wenn man Verwandte in Amerika hatte, die Geld zu schicken versuchten, konnte es Monate dauern, bis man etwas von ihnen hörte. Für alle albanischen Arbeiter und Ladenbesitzer waren die Gesetze geändert worden. Wir durften überhaupt nichts mehr besitzen. Die Serben bestimmten über unsere Arbeit, unser Land, unsere Schulen, unser Eigentum – über alles.

Die Serben wollten den Kosovo für sich haben. Nur zwanzig Prozent aller Albaner durften bleiben, obwohl unsere Bevölkerung zu neunzig Prozent albanisch war. Wo sollten zwei Millionen von uns denn hingehen? Wir hatten keine Autos, kein Geld, keine Reisepässe und die Flüchtlingslager der Vereinten Nationen waren weit entfernt, in Kroatien und Deutschland. Die Leute verbrachten Jahre in diesen überfüllten Lagern. Die Lebensbedingungen waren schrecklich und Familien wurden ohne Grund voneinander getrennt.

Die Felsen und die Bäume hier gehörten uns. Die Bergwerke und die Weinberge. Die Kornfelder mit den kleinen roten Füchsen, die nachts unter dem Sternenhimmel dahinrannten. Wir lebten hier, das war das Problem. Die Serben behaupteten, dass wir anders seien als sie, sie nannten uns »Tiere«. Ich hatte noch keine Tiere gesehen, die sich gegenseitig so bekämpften, wie Menschen es taten.

Den ganzen Oktober, November und Dezember über saß mein Vater im Wohnzimmer. Er sprach kaum. Die Schwellung in seinem Gesicht ging langsam zurück. Ein albanischer Zahnarzt kam und zog ihm die kaputten Zähne. Aber nun wirkte sein Mund merkwürdig schlaff und eingefallen, wie Brotteig oder ein verschrumpelter Apfel. Manchmal stand er auf, ging ohne Mantel hinaus und stand eine Weile unter den Apfelbäumen. Sein Ohr sah wieder ganz normal aus, aber das Gehör kam nicht wieder.

Inzwischen war es Dezember geworden und die Nachmittage waren dunkel. Wir gingen immer noch nicht wieder zur Schule, denn dort gab es weder Strom noch Heizung. Die Serben hatten alles abgestellt, damit der Unterricht ausfiel.

Morgens starrte mein Vater die ganze Zeit auf den Fernseher. Meistens liefen serbische Nachrichten. Es war ihm egal, was er sah. Nachmittags legte er sich hin. Später guckte er die Abendschau, vorausgesetzt, wir hatten Strom. Es war alles nationalistische Propaganda aus Belgrad, aber er sah es sich trotzdem an. Ansonsten saß er in der Küche neben dem Holzofen im Dunkeln.

Eines Abends, als im serbischen Programm die Belgrader Nachrichten kamen, sprach der Mann von der Wettervorhersage von den heftigen Stürmen im Land. Es war überall schlimm, besonders in Wojwodina, oben im Norden, an der ungarischen Grenze. Aber ich konnte mir nicht vorstellen, dass es dort stärker stürmte als bei uns. Das Wort »Kosovo« kam im Fernsehen bloß nicht vor, damit das serbische Volk uns vergaß. Die ganze Welt sollte uns vergessen.

Der Mann von der Wettervorhersage behauptete, an den schweren Stürmen sei der amerikanische Präsident schuld. Er habe Giftwolken nach Serbien geschickt, weil er die slawischen Völker hasse.

Pranvera sah mit uns fern. »Wenn der Präsident Gift nach Serbien schickt, dann schickt er ja vielleicht auch bald unsere Panzer!«, sagte sie begeistert.

Im Fernsehen hieß es, die bosnischen Moslems seien Unmenschen und müssten vernichtet werden. Sie hätten im Zoo von Sarajevo den Tieren serbische Babys zum Fraß vorgeworfen.

Ich drückte mir beide Hände über die Ohren und schrie. Was für ein Wahnsinn! Ich stand auf und schaltete den Fernseher aus.

»Mach an!«, brüllte mein Großvater von seinem Stuhl. »Ich will diese Lügen hören!«

Ich musste tun, was er sagte, schließlich war er mein Großvater. Aber ich behielt meine Hände über den Ohren und weigerte mich zuzuhören.

Die ganze Zeit über sagte mein Vater gar nichts. Nach den Nachrichten ging er meistens vor die Tür. Er stand auf der Straße und sah zu den Bergen hinauf, die sich im Westen erhoben. Wenn Onkel Sal gerade Zeit hatte, kam er nachmittags und abends vorbei, setzte sich neben ihn und rauchte Zigaretten. Mein Vater rauchte mit.

Ich sah aus dem Fenster. Was hatten sie mit ihm gemacht im Gefängnis? Wo war er gewesen?

Wir schliefen alle viel zu viel. Eines Nachmittags schüttelte meine Mutter mich aus dem Schlaf.

»Schluss jetzt«, sagte sie. »Genug geschlafen. Wir feiern ein Fest!«

Ich setzte mich auf. Ich fühlte mich matt und überlegte, welcher Tag heute wohl war.

»Ein Fest?«, wiederholte ich.

»Wir machen dieses Jahr ein besonders großes Neujahrsfest. Ein Fest für unsere Hoffnung, dass wir das Schlimmste überstanden haben«, sagte sie. Alle meine nächsten Verwandten aus dem Dorf und aus Pristina würden kommen. »Es gibt Geschenke und gutes Essen und Tanz bis spät in die Nacht. So wie früher.«

Zuerst dachte ich, sie wäre verrückt geworden, und hatte keine große Lust ihr zu helfen. Ausgerechnet putzen sollte ich als Erstes! Ich beschwerte mich lauthals darüber, dass ich nun auch noch bei der Hausarbeit helfen musste, aber eigentlich tat es ganz gut etwas zu tun. Als ich einen der schweren Teppiche hinausschleifte, um ihn auszuklopfen, merkte ich, dass meine Mutter sich alle Mühe gab ein bisschen fröhlich zu sein. Sie tat es für uns, für Pranvera, Halil und mich. Ich begriff plötzlich, wie stark sie war. Dass sie es war, die uns irgendwie durch diese schweren Zeiten bringen würde und die unseren Geist wach hielt.

»Adem, klopf die Teppiche mit dem Besen, bis kein einziges Staubkorn mehr drin ist!«, rief sie aus der Tür.

Die Teppiche waren groß und schwer, mit türkischen Mustern drauf. Als ich noch ein Baby war, waren meine Eltern in die Türkei gefahren, um sie zu kaufen. In Istanbul bekam man Teppiche sehr billig.

Während wir sauber machten, ließ meine Mutter Kassetten mit albanischer Volksmusik laufen. Aber egal, wie lebhaft der Rhythmus auch sein mochte, für mich klangen die Lieder alle traurig. Immer ging es darum, dass Menschen voneinander getrennt wurden. Einige der Lieder waren mehrere hundert Jahre alt, aber alle hatten denselben Inhalt: Jemand verlor seine Familie. Offenbar war es das Schicksal albanischer Familien auseinander gerissen zu werden. Ich biss die Zähne zusammen und schlug auf den Teppich ein. Würde es uns genauso ergehen?

Nachdem wir das Haus geputzt hatten, zog sich meine Mutter in die Küche zurück. Sie und meine Großmutter machten eine Pastete, die bei uns *Flie* heißt. Großmutter bereitete sie draußen vor dem Haus in einer riesigen Pfanne über einem Holzkohlefeuer zu. Es dauerte Stunden. In Wahrheit mochte niemand besonders gern Flie, außer mein Großvater, aber wir mussten alle immer so tun, als ob es uns schmeckte. Meine Mutter verpackte Gläser mit eingelegten Paprika und scharfe Gewürzsaucen als Geschenke für unsere Verwandtschaft. Ich ließ Vater und Großvater allein fernsehen und half in der Küche.

Einen Tag vor dem Neujahrsfest schickte meine Mutter mich und Pranvera los, um eine kleine Tanne zu schlagen. Ich trug die Axt. Wir liefen die Straße hinauf zum Waldpfad.

»Wo sollen wir denn einen Baum herkriegen?«, fragte ich Pranvera ohne eine Antwort zu erwarten. Zu viele Bäume waren inzwischen gefällt worden; es würde schwer sein einen zu finden.

Es war kalt und ich hatte keine Handschuhe mit. Wir hatten auch keine Stiefel und der Schnee lag schon ein paar Zentimeter hoch. Es war glatt. Wir folgten der engen Schlucht, die sich den Berg hoch wand.

Endlich, nach einer halben Stunde Wegs, entdeckten wir einen kleinen Baum. Er war viel zu schade um ihn umzuhauen.

Pranvera setzte sich auf einen Felsen und starrte den Baum an. Ich merkte, dass ihr auch nicht wohl war bei dem Gedanken ihn zu fällen. Aber zu Hause hatten wir buntes Lametta und Ketten aus Papier als Schmuck und morgen war das Fest.

Schließlich sage sie: »Adem, wir brauchen ihn für das Fest.«

Also hieb ich mit der Axt in das weiche, feuchte Tannenholz und wir nahmen den Baum zwischen uns und machten uns auf den Rückweg.

Im Dezember und Anfang Januar verschwindet die Sonne schon gegen drei Uhr hinter den Bergen im Westen und die Nachmittage sind lang und düster. Den ganzen Tag über war es bewölkt gewesen, mit heftigen Schneefällen zwischendurch, und draußen war es sehr dunkel. Wie zwei Schatten stolperten wir die Straße entlang und schleiften den Baum hinter uns her.

Wir kamen an Fatmiras Grab vorbei. Um den Erdhügel herum hatte meine Mutter Kerzen aufgestellt. Pranvera und ich blieben stehen und betrachteten die aufgeschüttete Erde. Wir zogen den Baum auf das Grab und setzten uns einen Moment.

Ich schaute meine jüngere Schwester an und zum ersten Mal nahm ich sie wirklich wahr. Normalerweise beachtete ich sie kaum, scheuchte sie herum, ärgerte mich über sie, wenn ich auf sie warten musste, oder ließ meine Wut an ihr aus. Aber irgendwie hatte ich sie nie als eigenständige Person gesehen. Sie gehörte eben zur Familie. Aber eines Tages würde sie wohl weggehen und wir wären weit entfernt voneinander – all die Jahrhunderte albanische Tradition in unserer Familie wären endgültig vorbei.

»Vermisst du Fatmira?«, fragte ich.

Sie nickte. Mein Herz begann zu pochen. Ich würde Pranvera mein Geheimnis anvertrauen. Sie würde begreifen, dass es nur ein dummer Fehler gewesen war, was ich getan hatte, dass ich Fatmira niemals etwas zu Leide getan hätte. Ich wollte es ihr erzählen, jetzt sofort.

»Komm«, sagte Pranvera. »Es wird kalt.« Sie wollte aufstehen.

»Nein, warte!« Aber ich merkte, dass ich schweigen würde. Pranvera war noch ein Kind. Wie sollte sie mich verstehen? Ich musste es meiner Mutter erzählen, das wurde mir plötzlich klar. Sie war die Einzige, die der Wahrheit ins Auge sehen konnte.

»Was ist denn?«, fragte Pranvera ungeduldig. Komm, Adem. Mir ist kalt.«

Ich stand auf. Jemand kam die Straße herunter, dick vermummt in einer Winterjacke. Wir sahen zu der Gestalt hinüber, die halb gehend, halb rutschend näher kam. Hinter uns, in der Finsternis, ragten düster die Berge empor.

Ich seufzte erleichtert. Die Person, die auf uns zukam, war Milos, eingepackt in Mantel und Handschuhe. Er hielt den Kopf gesenkt, tief in seinem Schal vergraben, als er an Fatmiras Grab vorbeiging.

»Hallo!«, sagte ich. Aber er antwortete nicht.

Pranvera und ich brachten den Baum nach Hause. Als wir ihn über die kleine Vortreppe schleiften und die Tür öffneten, zog ein frischer Hauch von Waldluft ins Haus. Wir klopften den Schnee herunter. Als der Baum trocken war, stellten wir ihn im Wohnzimmer auf und behängten ihn mit Lametta und Schmuck. Sogar mein Vater nahm Notiz davon.

Am nächsten Tag kamen alle unsere Cousins und Cousinen, Tanten und Onkel, es gab Unmengen von Essen und albanische Musik und Tanz bis vier Uhr morgens. Wir tranken auf Fatmira und meine Mutter weinte. Aber es tat gut, die ganze Familie beisammen zu haben – es war eine Nacht ohne Angst. Als ich ins Bett ging, dämmerte es schon fast. Kurz bevor ich einschlief, schwor ich mir meiner Mutter mein Geheimnis anzuvertrauen.

Acht

Doch ich tat es nicht. Jedenfalls nicht gleich. Der Winter war fast vorbei. Irgendwie war er herumgegangen, ich weiß nicht mehr viel davon. Wir schliefen alle viel, sahen uns Filme an, wenn Besim welche auftrieb, oder liefen draußen herum, nur damit wir auch mal aus dem Haus kamen. Die Schule sollte erst Ende Februar wieder beginnen.

Mit der Zeit hielt sich die Sonne wieder länger über unserem Dach auf. Als es März wurde, kehrten die Vögel aus Afrika zurück. Vor unserem Haus ragte eine schmale Reihe Narzissen aus der Erde, aber die Blüten blieben fest verschlossen. Schwärme schwarzer Krähen ließen sich in den Zweigen der Apfelbäume nieder. Stundenlang mussten wir uns ihr Gekrächze anhören. Ihr ewiges »krah, krah« konnte einen wahnsinnig machen.

Mit den Krähen kamen die Soldaten.

Es war an einem späten Nachmittag. Wir waren schon seit einigen Stunden von der Schule zurück. Brot und Eier waren für diesen Tag verkauft, als die Soldaten den kleinen Laden meiner Großmutter betraten. Es waren drei. Draußen saßen sechs weitere in einem zweiten

Jeep. Die drei öffneten jeder eine Cola und tranken sie aus. Ich beobachtete alles von der Tür aus. Am liebsten hätte ich mich eingemischt, aber ich wusste, dass sie es genau darauf anlegten. Also tat ich nichts.

Meine Großmutter trug immer ein Kopftuch, eine weiße Schürze und dicke schwarze Wollstrumpfhosen unter ihrem Kleid. Sie war sehr klein, kaum einen Meter fünfzig, aber das kümmerte sie nicht.

»Die müsst ihr bezahlen!«, schrie sie so laut auf Albanisch, als wären die Männer taub. Sie hielt die Hand auf.

Die drei lachten und legten ihre Gewehre auf die Ladentheke.

»Gib uns deine Kasse«, sagte der Lange. Er griff unter die Theke, holte die Schachtel hervor und schüttete dem zweiten die Münzen in die hohle Hand. Sie führten meine Großmutter an die Tür und drängten sie hinaus.

»Verzieh dich, Alte!«, sagte ein anderer Soldat auf Serbisch. »Der Laden ist beschlagnahmt. Wir brauchen hier ein paar Soldaten in der Nähe des Dorfkerns, damit ihr uns keine Dummheiten macht. Ab heute sind wir Nachbarn, ist das nicht nett?«

Sie stießen uns beide hinaus und schlugen die Tür zu. Fassungslos stand ich auf der Straße. Nur durch eine Betonwand würden wir von ihnen getrennt sein! Man müsste uns so behandeln, weil wir die Einheit Serbiens gestört hätten. Wir könnten von Glück sagen, dass wir überhaupt noch lebten – das hatten sie gesagt. Meine Großmutter verfluchte sie auf Albanisch. Dann richtete sie sich zu ihrer vollen Größe auf und schritt durch die Tür ins Haus, als wäre nichts geschehen.

Ich rannte in die Küche, um es meinem Vater zu erzählen. »Papa, die Serben haben den Laden besetzt. Sie ziehen dort ein!«

Mein Vater stand auf, ging zu unserem Campingkocher hinüber und machte sich auf der Platte seinen bitteren Kaffee warm. Vorsichtig goss er die dunkle, dickflüssige Brühe in eine Tasse, fügte mit einem kleinen Löffel den Zucker hinzu und setzte sich an den Tisch. Meine Mutter und ich hatten ihn die ganze Zeit über angesehen.

»Was ist?«, sagte er schließlich. »Hört auf, mich anzustarren. Was erwartet ihr denn von mir?«

Weil sie einen Streit befürchtete, füllte meine Mutter einen Eimer mit Wasser und begann den Boden in der Küche zu wischen. Sie nahm eine alte Hose als Mop.

»Mama«, sagte ich zu ihr. »Sie ziehen in unser Haus. Kannst du nicht wenigstens mit ihnen reden?«

»Geh da weg«, sagte sie. Sie lag auf den Knien und schrubbte. Ich sah, dass ihre Hände vom vielen Putzen rot und rissig waren. Die Fingernägel waren kurz und abgebrochen. »Geh da weg«, wiederholte sie.

Ich trat zur Seite und sie wischte die Stelle, auf der ich gerade gestanden hatte. Pranvera kam angerannt und drückte sich an mich.

»Hast du gehört?«, fragte ich.

Mein Vater rührte sich nicht. Er hatte sich entschieden nichts zu sagen, also würde meine Mutter dasselbe tun.

Schließlich blickte sie auf. »Ich werde tun, was ich tun muss. Ich muss sauber machen, damit wir es hier aushalten können.«

Meine Großmutter kam herein. »Großmama, erzähl ihnen von den Soldaten!«

»Nein. Was gibt's da zu erzählen? Sie sind dreckige, ungewaschene Schweine. Vergiss sie und kümmere dich um deinen Kram. Wir verkaufen das Brot eben in der Küche!«

Ich kam mir vor wie in einem Alptraum, in dem ich der Einzige war, der begriff, dass etwas Furchtbares passieren würde. In den Horrorfilmen, die ich sah, kam so etwas oft vor. Jemand versuchte die anderen zu warnen, aber niemand hörte ihm zu.

Ich ging nach draußen. Vor dem Laden parkte ein Laster in blauen Tarnfarben und ich sah zu, wie die Soldaten ihre Sachen abluden und hineintrugen. Viel war es nicht – nur ein paar Seesäcke, drei Feldbetten und mehrere Kisten mit Essen, Töpfen und Pfannen, die aussahen, als wären sie irgendwo zusammengeklaut worden. Ich musterte die Männer. Einer der Soldaten war noch sehr jung, ungefähr so alt wie Besim.

»Wir haben den elektrischen Heizer vergessen«, sagte der Lange zu mir. »Hol uns euren. Ich will mich nicht zu Tode frieren in diesem Dreckloch hier. Beeil dich!«

Ich ging den Heizer holen, aber ich beeilte mich nicht. Abgesehen von dem kleinen Holzofen in der Küche war er unsere einzige Wärmequelle. Ohne den Heizer würde unser Leben wieder um einiges härter werden. Ich stellte ihn im Ladeneingang ab und sah zu, wie sie ihre Betten aufklappten. Dann ging ich zum Kuhstall hinüber. In einer Ecke saß Besim im Stroh.

»Was machst du denn da?«, fragte ich. Eigentlich war es meine Ecke, aber das sollte er nicht wissen.

»In ein paar Monaten werde ich achtzehn«, sagte er. »Achtzehn Jahre und mit drei Serben im selben Haus. Meine Cousine ist tot, mein Onkel ein Krüppel.«

Er brach nachdenklich einen Strohhalm in zwei Hälften.

»Mein Vater wird nichts unternehmen«, sagte ich verbittert.

»Sprich nicht schlecht von ihm. Was kann er gegen die serbische Armee schon tun? Er ist nur einer. Er ist Bauer. Du tust so, als müsste er der große Kämpfer sein. Und weil er es nicht ist, bist du wütend auf ihn. Jeder merkt, was du über ihn denkst, Adem. Er versucht doch nur ruhig zu bleiben, um dich zu beschützen. Um dein Leben zu schützen. Kapierst du das denn nicht?«

Er warf den halben Strohhalm nach mir. Ich merkte kaum, wie er meine Wange traf, denn Besims Worte hatten mich getroffen.

»Ich muss etwas tun«, erwiderte ich hitzig. »Damit unser Leben sich ändert.«

Er lachte auf und sah kopfschüttelnd zu Boden. »Ach ja?«, sagte er. »Wie denn? Wie willst du das denn anstellen?«

»Fatmira ...«, fing ich an.

»Fatmira, ja? Sie hat sich umgebracht, das hat sie! Das passiert, wenn du versuchst den Helden zu spielen.

Du wirst erschossen und den anderen geht's noch schlechter als vorher.« Besim lehnte den Kopf an die Betonwand und rang sich ein verzweifeltes Lächeln ab. »Es hat keinen Sinn, Adem. Ich schwör's bei Gott, es hat keinen Sinn!«

Ich fuhr herum. »Komm mit!«, sagte ich. »Ich möchte etwas sehen!«

Ich wollte herausfinden, ob unser Haus und unser Dorf noch genauso aussahen, jetzt, wo jeder Atemzug bei uns zu Hause so ganz und gar anders war als früher. Ich rannte aus dem Stall hinaus und tauchte links zwischen den Apfelbäumen hindurch. Besim kam hinterher. »Wo willst du denn hin?«, rief er.

Irgendwohin. Es war mir egal. »Den Berg hoch!« Ich war schon außer Atem, kletterte über rutschendes Geröll und lose Erdbrocken den Hang hinauf. Das bisschen Schnee, das wir den Winter über gehabt hatten, war bereits geschmolzen. Nur die höchsten Gipfel waren noch von einer weißen Schicht bedeckt.

Wir durften nicht mehr hinauf auf die Berge. Die Grenze zu Albanien lag nur wenige Kilometer westlich. Und die Berge nahe der Grenze waren Niemandsland, dort wimmelte es nur so von Gesetzesbrechern, Schmugglern, Soldaten, Deserteuren und Dieben. Bewaffnete Männer, die ohne Rücksicht jeden abknallten, der ihnen über den Weg lief. Aber das war mir egal. Es tat gut zu rennen und zu klettern. Ich hatte es satt immer nur zu schlafen und darauf zu hoffen, dass die Tage und Jahre unbemerkt an mir vorübergingen.

»Dort drüben!«, sagte Besim. Er folgte einem schmalen Pfad, der über Felsen und spärliche Stellen mit Gras führte. »Da geht es leichter!«

»Ein Fuchspfad?«, fragte ich.

»Kann schon sein. Vielleicht auch Rotwild oder Ziegen.«

An einem großen überhängenden Felsen blieben wir keuchend stehen, stiegen dann auf die untersten Steine, arbeiteten uns an den Seiten kletternd hinauf und standen schließlich oben. Unter uns lag unser Dorf. Ich wollte, dass es anders aussah, dass es verwüstet wirkte. Aber es sah genauso aus wie immer, obwohl die Serben nun bei uns im Haus wohnten. Ich hatte Angst.

»Besim«, sagte ich, »glaubst du, dass sie uns in unseren Betten erschießen, wenn wir schlafen?«

»Nein. Hör auf, Adem. Denk nicht an so was.«

»Wieso nicht? Es ist doch möglich.«

»Ja, aber es war schon lange möglich und bis jetzt ist es trotzdem nicht passiert. Also brauchst du gar nicht drüber nachzudenken.«

»Es hätte aber passieren können«, sagte ich.

»Ist es aber nicht!«

»Woher willst du denn wissen, dass es nicht passiert ist, irgendwo?«

Besim sah mich böse an. Dann warf er einen Stein über den Felsrand und sah zu, wie er hinabstürzte.

»Die Kinder in der Schule sagen, dass Prizren ein zweites Sarajevo wird. Dass die Serben überall in den Bergen rund um Prizren Panzer in Stellung bringen«, sagte ich und sah Besim direkt ins Gesicht.

Was hatte ich mit ihm vor? Wollte ich ihn so wütend

machen, dass er den Hang hinunterlaufen und die Soldaten vertreiben würde?

Ja, genau das wollte ich. Ich wollte, dass jemand es tat. Stattdessen saß mein Vater in der Küche am Tisch und mein Großvater flüsterte draußen auf dem Kornfeld Flüche in den Himmel, die niemand hören konnte.

»Hier oben sind keine Panzer«, sagte Besim.

»Woher willst du das wissen?«

»Die Berge sind viel zu steil, sogar für Panzer.«

»Na gut, keine Panzer«, sagte ich und kniff die Augen zusammen. »Dann eben Gewehre und Granaten. Sie knallen uns ab, wenn wir Wasser holen gehen, und die ganze Welt kann sich vor den Fernseher setzen und zugucken, wie wir umgebracht werden. Jeder einzeln.«

»Sei still«, schrie er. »Du bist doch krank! Solange wir zusammenhalten und nicht zurückschlagen, sind wir sicher. Wir müssen Geduld haben.«

»Wie viel Geduld denn noch?«, fragte ich. »Die Türken hatten den Kosovo fünfhundert Jahre lang in ihrer Gewalt. Ist das genug Geduld, Besim? Was nutzt dir denn die Freiheit, wenn du fünfhundertsiebzehn Jahre darauf wartest?«

Er trat mich ans Bein. »Ich geh jetzt!«

Von irgendwo über uns prasselte Geröll herunter. Da kam jemand! Wir sahen uns erschrocken an. Wenn es ein Soldat war, gab es für ihn tausend Gründe uns gleich hier oben zu erschießen. Sogar wenn es ein Benzinschmuggler war, konnte es sein, dass er uns erschoss. In fiebernder Eile begannen wir den hohen Felsen herunterzuklettern.

»Keine Angst, keine Angst«, rief eine Männerstimme auf Albanisch.

Ich sah auf. Einer von uns? Nein, es waren Zigeuner. Zwei Zigeuner. Den einen kannte ich – Fikel. An seinem Gürtel baumelte eine Reihe toter Marder. Die Zigeuner sprachen Serbisch, Albanisch, Rumänisch und weiß der Himmel was noch. Jedenfalls Fikel.

»Hey!«, rief ich und winkte.

»Du bist es«, sagte Fikel und hob zum Gruß das Marderbündel.

»Das ist keine Gegend für euch«, sagte der andere. »Was tut ihr hier oben?«

»Was tut denn ihr hier oben?«, gab ich zurück.

Fikel lachte lauthals. »Du bist ertappt! Sagst du's ihm?«, fragte er seinen Freund.

»Der Tag hat Augen, die Nacht hat Ohren«, antwortete der andere Zigeuner. Er deutete den steilen Hang hinab zum Dorf.

Es war ein albanisches Sprichwort und bedeutete, dass die anderen immer wussten, was man vorhatte, selbst wenn die Dunkelheit Schutz zu bieten schien. Es stimmte. Hier oben in den Bergen konnten wir noch aus großer Entfernung gesehen werden, das hatte ich nicht bedacht. Ich hatte nur daran gedacht, wie weit ich selbst sehen konnte.

»Kommt schon!«

Sie warteten, bis wir von dem Felsen heruntergeklettert waren, dann führten sie uns den schmalen Pfad hinab. Ein rötlich brauner Habicht ließ sich von der abendlichen Luftströmung weit hinaustragen. Unter uns lag friedlich und wie menschenleer das Dorf. Ich starrte hinab auf unser Haus. Es sah so aus wie immer, obwohl es erfüllt war von Angst, Hass und Gewalt. Ich brach in Tränen aus und setzte mich. Die Zigeuner blieben nicht stehen.

Besim drehte sich um. »Kommst du jetzt endlich? Hör auf zu weinen!«, zischte er mir zu.

»Geh schon vor, es ist ja nicht mehr weit. Ich will allein sein.« Ich fürchtete mich davor, nach Hause zu kommen.

»Du willst immer allein sein!«, sagte Besim und wandte sich ab. Eilig sprang er den Hang hinunter, um die beiden Männer einzuholen.

Neun

Es war Nacht. Ich lag im Bett, auf meinem Sofa im Wohnzimmer, und hörte, wie die Soldaten auf der anderen Seite der Wand redeten und lachten. Nur ein paar Betonblöcke trennten uns voneinander. Alles sei so öde hier, sagten sie. Hier festzusitzen, in einem alten Dorf voller Kühe, Ziegen und dreckiger Moslems. Sie sangen Lieder darüber, wie sie uns umbringen würden, und tranken viel Bier, um sich die Zeit zu vertreiben. Ich fand es ebenso öde wie sie, nur umgekehrt. Wir waren wie Spiegelbilder durch die Wand, jeder das Gegenstück des anderen.

Stundenlang versuchte ich die Augen offen zu halten. Besim dagegen lag auf dem Rücken und schlief, den Mund weit offen. Wie oft hätte ich ihn in dieser endlosen Nacht am liebsten geschlagen. Wie konnte er bloß so ruhig schlafen? Dann schämte ich mich dafür meinen eigenen Cousin so zu hassen, obwohl mein Hass doch eigentlich den Soldaten galt. Es bedeutete, dass sie erreicht hatten, was sie wollten. Sie hatten erreicht, dass ich mich selber bekämpfte. Sobald ich den Hass in mein Herz gelassen hatte, breitete er sich überall aus, wie ein kleiner, vergifteter Wasserlauf, der sich seinen Weg durch die Felsritzen sucht. Ich wusste nicht, wie ich ihn aufhalten sollte.

Aber was empfand Besim eigentlich? Wieso machte es ihm nichts aus so dicht in ihrer Nähe zu schlafen? Warum fühlten die anderen nicht dasselbe wie ich?

Oft nahmen die Soldaten ihre Gewehre, gingen nach draußen und schossen stundenlang in die Luft, um das ganze Dorf zu wecken. Immer wieder. Krachendes Gewehrfeuer. Zehn Sekunden. Fünfzehn Sekunden. Dann Stille. Gar nichts mehr. Mein Vater kam immer nach unten, sah hinaus und wartete. Irgendwann hörten sie endlich auf. Manchmal schossen sie auch in die Fenster. Wir gingen zwar nie ans Fenster, aber auch so grenzte es fast an ein Wunder, dass niemand von uns verletzt wurde.

Zuweilen machten sie sich noch nicht mal die Mühe hinauszugehen. Sie schossen aus dem Laden. Wie hielten sie bloß den Krach aus, den die Gewehre machten? Besim schlief trotzdem.

In diesen langen Nächten wurde meine Angst immer schlimmer. Sie wurde so schlimm, dass ich mich schon tagsüber vor der Nacht fürchtete, die mir bevorstand. Sie kam ohne Vorwarnung und verfolgte mich überallhin. Ich fürchtete mich davor, dass die Soldaten eines Nachts, wenn sie wieder einmal am Schießen waren, zu Fatmiras Grab gehen würden. Sie würden sie ausgraben, sie verspotten und sie entehren. Ich war mir ganz sicher, dass sie es vorhatten. Ich musste einfach aufstehen und auf allen vieren zum Fenster kriechen, um nachzusehen, wo sie waren. Es war meine Schuld, dass

Fatmira allein und ohne Schutz war. Ich ließ meinen Kopf auf das Fenstersims sinken. Mein ganzer Körper tat mir weh vor lauter Unglück.

Ich schlief nicht. Nacht für Nacht, Woche für Woche, den ganzen Frühling über bis zum Frühsommer lag ich wach und lauschte. Ich wollte, dass sie fortgingen. Ich wollte, dass wir fortgingen. Ich hatte dunkle Ränder unter den Augen und wurde noch dünner. Als die Schule für dieses Jahr zu Ende ging, bemerkte ich es kaum.

»Bitte, Papa«, bettelte ich eines Morgens. »Warum können wir nicht umziehen?«

Er legte den Kopf schief und sah mich an. Schließlich fragte er: »Was denkst du denn, wo wir hinsollen?«

»Nach Albanien? Oder Makedonien?«

Er schnaubte verächtlich. »Die Grenze nach Albanien ist dicht. Das weißt du doch. Albanien will uns nicht. Was sollten sie auch mit uns? Es ist das ärmste Land in Europa. Es gibt keine Arbeit, es gibt nichts zu essen. Und Makedonien? Genau dasselbe. Schon dreitausend Menschen aus dem Kosovo sind dorthin geflüchtet. Die Makedonier wollen sie zurückschicken. Und außerdem stehen die griechischen Panzer bereit und werden Makedonien beschießen, wenn dort die Wirtschaft zusammenbricht. Also, was ist dir lieber? Die Reichen schaffen es sicher zu entkommen. Der Rest von uns muss sehen, wo er bleibt.«

Bevor ich etwas erwidern konnte, hatte er seinen bitteren schwarzen Kaffee geleert und ging hinaus aufs Feld, um an einem Bewässerungskanal zu arbeiten.

»Hab Geduld«, sagte meine Mutter. »Wir können

nichts tun. Früher oder später wird man uns helfen. Wir haben schon andere Besatzungen überlebt. Wir schaffen es auch diesmal.«

Sie setzte mir zum Frühstück ein großes Stück Brot mit Rührei vor und ging hinaus, um zu versuchen, ob sie Besim wach bekam. Ich aß langsam, denn ich wusste, dass ich den ganzen Morgen auf dem Feld sein würde, um beim Graben zu helfen. Pranvera würde im ganzen Haus den Boden wischen und dann den Kuhstall für mich ausmisten.

Fußball war nach wie vor mein Leben. Auch wenn wir nun nicht mehr zum Unterricht in die Schule mussten, spielten wir im Schulhof – mit einem Stein, der in alte Socken eingewickelt war. Eines Nachmittags schlenderten die Soldaten an der kleinen Ziegelmauer des staubigen Schulhofs vorbei, während wir spielten. Sie lehnten die Gewehre an die Mauer und zündeten sich Zigaretten an. Wir wollten nicht sofort aufhören und ihnen damit zeigen, dass sie Macht über uns hatten, aber es fiel uns schwer weiterzuspielen, während sie zusahen. Einige serbische Jungen aus dem Dorf gingen zu ihnen hinüber, rauchten mit und machten Bemerkungen über unsere sportlichen Leistungen. Es wäre peinlich gewesen aufzuhören. Also legte ich mich noch mehr ins Zeug.

Schließlich verloren die Serben das Interesse und gingen weiter, bis auf den ganz jungen Soldaten, der immer noch zuschaute.

»Soso«, sagte er auf Serbisch, »ihr seid also die große Hoffnung für die nächste Olympiade?«

»World Cup 98«, sagte ich und sprang kopfüber in die rechte Ecke, als der Ball im hohen Bogen kam. Ich landete im Dreck und schlug mir beide Knie wund, aber ich sprang wieder auf und schoss den Stein zurück ins Spielfeld. In diesem Moment hätte ich lieber lange Hosen statt Shorts angehabt, aber es war ein heißer Nachmittag im Juni.

Die anderen Kinder nutzten die Gelegenheit, um nach Hause zu gehen. Es war nicht gut, wenn man zu lange in einer Gruppe zusammen war. Es konnte auch sein, dass der Soldat mich in eine Falle locken wollte, indem er nett mit mir sprach. Widerwillig ging ich zu ihm hinüber, denn ich durfte ja auch nicht unhöflich sein. Ich hielt meine Augen auf seine Brust gerichtet und verzog keine Miene – das taten wir alle. Es geschah ganz automatisch, weil man möglichst unauffällig sein wollte.

»Wie alt ist dein Bruder?«, fragte er.

»Besim? Er ist nicht mein Bruder, er ist mein Cousin. Aber er wohnt bei uns.«

»Und wie alt ist er?«

Ich wusste, dass er an den Militärdienst dachte.

»Wie alt bist du denn?«, fragte ich.

»Achtzehn, nächsten Monat werde ich neunzehn. Also?«

»Er ist immer noch siebzehn«, sagte ich. Ich traute mich nicht zu lügen. Wahrscheinlich wusste er sowieso schon, wie alt wir waren.

Wir standen schweigend voreinander und jeder dachte eine Weile nach.

»Wie heißt du?«, fragte ich schließlich.

»Gregor.«

»Ich heiße Adem.« Wir gaben uns die Hand wie zwei Erwachsene.

»Was wird er tun, wenn der Brief kommt?«, fragte Gregor.

»Der Einberufungsbefehl? Ich … ich weiß nicht.«

Er schob mich an die Mauer. Die Ziegel waren ganz warm von der Sonne.

»Das sollte er sich lieber überlegen«, sagte Gregor.

»Muss er nach Bosnien und dort kämpfen?«, fragte ich. »Ich habe gehört, dass sie die albanischen Soldaten dorthin schicken.«

»Kann schon sein.« Er drückte seine Zigarette an der Mauer aus. »Zigaretten – was für ein Witz! Ich hab nicht geraucht, bevor ich zur Armee gekommen bin. Jetzt tue ich es aus Langeweile.«

»Was hast du denn gemacht, als der Brief kam?«

Die Frage rutschte mir einfach so heraus. Bis zu diesem Moment hatte ich noch nie darüber nachgedacht, dass die serbischen Soldaten richtige Menschen waren, Leute mit Eltern und Freundinnen und Berufen, die sie aufgegeben hatten. Der schwere Klumpen aus Wut, den ich in mir trug, löste sich plötzlich auf und ich wurde ganz ruhig.

»Ich hab mich in der Wohnung von meinem Großvater in Belgrad versteckt. Das war kein besonders gutes Versteck. Natürlich hat mich jemand verpfiffen. Belgrad ist die Stadt der Verräter. Die Militärpolizei hat mich abgeholt. Sie haben mich zum Bahnhof geschleppt und mich fast sofort geschlagen … Ich wollte selber hierher.

Sie haben gesagt, im Kosovo sei es nicht so schlimm. Und jetzt bin ich hier.« Er räusperte sich. Seine Hände zitterten.

»Warum feuert ihr nachts eure Gewehre ab?«, fragte ich.

Er schlug mir auf die Schulter. »Genug gefragt«, sagte er. »Du bringst uns beide in Schwierigkeiten. Geh nach Hause, ja? Weißt du, eines Tages wird das alles hier vorbei sein. Okay?«

Wie betäubt ging ich die Landstraße hinauf, die nachmittags um diese Zeit menschenleer war. Gregor hatte eigentlich nicht in den Kosovo gewollt. Aber er war trotzdem gegangen. Und bald würden sie Besim holen. War meine Familie schon so völlig abgestumpft, dass nie jemand darüber nachgedacht hatte? Was taten wir, wenn Besims Einberufungsbefehl kam?

Ich hatte Fatmiras Gedicht schon so oft gelesen, dass das Papier ganz weich geworden war und sich an den gefalteten Stellen aufzulösen begann. Eines Nachmittags setzte ich mich draußen unter die Apfelbäume und schrieb es in meiner besten Schrift auf ein neues Blatt. Dann nahm ich ein übrig gebliebenes Stück blauen Samt – aus dem Stoff hatte meine Mutter einmal ein Hemd gemacht – und nähte daraus ein Säckchen für das Gedicht. Es ließ sich mit einer Kordel zuziehen und ich trug es unter meinem Hemd um den Hals, sodass niemand es sehen konnte.

Ich behielt es ganz für mich. Wie hätte ich es meinem Vater oder Großvater zeigen können? Und Pranvera war zu jung. Ich überlegte meine Mutter einzuweihen. Aber das hätte bedeutet, dass ich ihr auch mein Geheimnis anvertrauen musste. Und ich hatte immer noch Angst davor. Was, wenn sie mir niemals verzeihen würde? Ich ertrug den Gedanken nicht. Ich hatte schon so viel verloren, dass ich nicht auch noch ihre Liebe verlieren wollte.

Eines Abends, nach der üblichen Propaganda über den neuen Bund von Russland, Griechenland und Serbien, lief im Fernsehen ein kurzer Bericht über den »Mann aus dem Eis«. Ein Spaziergänger hatte in den italienischen Alpen einen gefrorenen Körper gefunden. Der Mann war mumifiziert und hatte seit fünftausend Jahren im Eis gelegen.

Ich kroch näher zum Fernseher hin, um ihn mir anzusehen. Seine Haut war wie Leder. Sie spannte sich über seinen Schädel und die Wangenknochen. Neben ihm lagen kleine Waffen, Werkzeuge und Kleider aus Leder. All das hatte er getragen, als er starb. Vielleicht war er in einen Eissturm geraten. Der Tote schien zu lächeln, so wie es bei Fatmira auch gewesen war.

Plötzlich interessierte ich mich brennend für Mumien. Aber es gab keine Bücher, die ich mir hätte ansehen können, und keinen Erwachsenen, den ich fragen konnte. Der Mann aus dem Eis hatte fünftausend Jahre lang in den Alpen gelegen, bis dieser Teil des Gletschers geschmolzen war. Die Forscher hatten sogar seinen Mageninhalt gefunden und konnten sagen, was er gegessen hatte. Nun begannen die Bakterien ihn zu zersetzen. Er verweste. Mit Fatmira würde es genauso sein.

Auch diese Vorstellung wurde zu einer Art Besessenheit bei mir – ein weiteres Geheimnis, das ich für mich behielt.

Meine Gedanken machte mir immer mehr Angst – meine Furcht davor, dass man Fatmiras Körper schänden könnte, meine Leidenschaft für Mumien, meine Wutausbrüche, mein Interesse an Gregor. Ich lieh mir Besims Kassetten, Rock und Heavy Metal, und hörte sie ununterbrochen. Ich beschäftigte mich mit den Texten. Es waren schillernde Beschreibungen einer düsteren Welt.

Dann, an einem Morgen im Juli, wachte ich auf und stellte fest, dass Besim über Nacht verschwunden war. Das andere Sofa war leer – keine Decke, kein Kissen. Er war fort. Und mit ihm sein Walkman und der Kopfhörer.

Ich ging in die Küche, stand das ganze Frühstück über am Fenster und kaute an einer dicken Brotscheibe. Meine Eltern taten so, als wäre es ein ganz gewöhnlicher Tag. Neben mir aß mein Vater Jogurt und Brot, trank seinen Tee und starrte träge an die Wand und meine Mutter lief wie immer die ganze Zeit geschäftig hin und her. Sie schüttelte sogar die Teppiche aus, obwohl es erst sieben Uhr morgens war und sie über Nacht unmöglich schmutzig geworden sein konnten. Draußen auf der Straße standen die drei Soldaten in ihren Unterhemden, rauchend und noch ganz verschlafen, und kratzten sich unter den Armen und auf der Brust.

Hinten beim Stall krähte unser Hahn ununterbrochen. Einer der Männer tat, als würde er zielen und ihn niederschießen. Die anderen lachten.

»Komm vom Fenster weg. Setz dich, setz dich hin!«,

sagte meine Mutter. »Hier. Zieh den Pullover über. Du frierst doch!«

Frieren? Im Juli? Mir war überhaupt nicht kalt. Trotzdem streckte ich beide Arme aus wie ein Baby und ließ mir von ihr den Pullover überstreifen. Sie zog den Reißverschluss vorn nach oben und ich tat gar nichts. Pranvera spülte das Geschirr. Niemand verlor ein Wort über Besim. Aber ich wusste, sie hatten irgendwie dafür gesorgt, dass er von der Bildfläche verschwand, sonst hätte meine Mutter sich nicht so übertrieben um mich gekümmert.

»Hier«, sagte sie, bestrich mir eine zweite Scheibe Brot mit Schokoladencreme und goss mir ein Glas heiße Milch ein. Pranvera hatte die Haut bekommen. Meine Mutter umarmte mich kurz und fuhr mir durchs Haar. Ich zog den Kopf weg, obwohl ich es schön fand, so umsorgt zu werden. Aber es ging gegen meinen Stolz.

»Er ist nach Kroatien gegangen, stimmt's?«, sagte ich.

Niemand antwortete. Meine Mutter sah zu meinem Vater hinüber, aber er reagierte nicht.

»Es kostet zweitausend Deutsche Mark über die Berge nach Kroatien zu kommen, nicht wahr?«, fragte ich. »Woher haben wir das ganze Geld? Haben wir was verkauft?«

Schweigen.

Ich hörte, wie mein Vater seine Teetasse absetzte. Meine Mutter reichte ihm eine gefaltete Stoffserviette und er betupfte sich die Lippen besonders sorgfältig. »Besser, du weißt es nicht«, sagte er schließlich.

Ich war verletzt. Sie vertrauten mir nicht. Nun war ich mir endgültig sicher, dass mein Vater Besim mehr liebte als mich.

»Je weniger Leute davon wissen, desto besser. Es ist sicherer für dich«, fügte er hinzu.

Dann ging er hinaus, um mit den Nachbarn zusammen an dem Kanal zu arbeiten, der unser Kornfeld bewässern sollte. Sie machten alles mit der Schaufel. Später half ich auch mit. Es kam mir vor, als würden wir monatelang graben, um das bisschen Wasser, das vom Himmel fiel, dem Berg zu entreißen und es in unser Kornfeld zu leiten. Es war eine Arbeit ohne Ende und niemand wusste, ob wir sie jemals fertig bringen würden. Aber wir mussten es versuchen.

Zehn

Irgendwann hatten die Soldaten das Dorf verlassen. Niemand wusste, warum sie weggegangen waren und wohin. Wir Kinder löcherten Avni mit Fragen, ob er nicht etwas wüsste, bis er sich beide Ohren zuhielt und nach Hause rannte, um uns loszuwerden.

Zuerst war ich sehr aufgeregt. Aber dann spähte ich durch die schmutzige Fensterscheibe in Großmutter Laden und sah durch einen Film von Zigarettenrauch, Fliegendreck und eingetrockneten Bierflecken hindurch, dass die Sachen noch da waren. Vor Enttäuschung hätte ich heulen können.

Abends im Bett versuchte ich schnell einzuschlafen, um das Ereignis gebührend zu feiern. Sie waren fort, hurra! Endlich konnte ich wieder schlafen, ohne von ratternden Maschinengewehren gestört zu werden.

Doch mitten in der Nacht wachte ich auf. Ich fuhr hoch und merkte, dass ich halb saß und nass geschwitzt war, als hätten laute Schüsse mich geweckt. Aber nichts war zu hören, das Dorf war ruhig. Daran war ich nicht mehr gewöhnt. Dann fiel mir ein, dass die Soldaten möglicherweise nur gegangen waren, um sich Schlimmeres auszudenken, womit sie uns quälen würden.

Denk doch nicht an so was, sagte ich mir. Sei froh, dass sie fort sind, wenigstens fürs Erste. Schlaf ruhig weiter.

Gegen Ende der ersten Woche ging es mit dem Schlafen tatsächlich besser. Wenn ich draußen auf der Straße war, fühlte ich mich voller Energie. Ich wollte rennen und spielen. Ich fragte alle Kinder, ob wir nicht ein richtiges Fußballspiel auf die Beine stellen sollten, mit einem echten Ball und Mannschaften, so wie es früher gewesen war. Aber niemand wollte mitmachen.

In der zweiten Woche kreisten mir vor dem Einschlafen allerhand Fragen im Kopf herum: Waren die Serben wirklich anders als wir, so wie alle sagten? Und wenn das stimmte, wie waren sie dann? Gregor jedenfalls schien nicht anders zu sein. Er wirkte ängstlich. Schließlich hatte die Militärpolizei in Belgrad ihn geschlagen und er hatte keine andere Wahl gehabt, als hierher zu kommen.

Aber wie war es mit den anderen beiden, besonders mit dem Langen, der ihr Anführer war? Wie konnten sie uns all das antun?

Eines Nachts lag ich auf meinem Sofa und wartete, bis meine Eltern oben im ersten Stock schliefen. Dann stand ich auf und ging in die Diele. Das Mondlicht warf helle Rechtecke auf den gefliesten Boden. Ich musste einfach herausfinden, warum die serbischen Soldaten so waren, wie sie waren. Vielleicht gaben ihre Sachen irgendeinen Hinweis, eine Erklärung dafür, warum es ihnen Spaß machte uns zu demütigen, zu quälen und umzubringen.

Obwohl nachts um diese Zeit niemand auf der Straße war, drückte ich mich dicht an der Mauer entlang. Die Tür zum Laden war nicht verschlossen. Keines unserer Häuser hatte Schlösser. Ich öffnete die Tür und ging hinein. Auf der Theke, wo meine Großmutter sonst immer das Brot gehabt hatte, tickte eine Uhr. Es war halb drei. Eines der Feldbetten stand hinter der Theke, die anderen beiden davor. An der Wand war ein Klapptisch aufgestellt und überall standen haufenweise leere Bierflaschen. Der ganze Raum roch nach abgestandenem Bier. Ich sah unter einem der Betten nach, jemand hatte seine schmutzigen Kleider dorthin gestopft. Für die Nächte ohne Strom stand eine Kerze auf dem Tisch. Es gab ein abgegriffenes Kartenspiel, zusammengehalten von einem Gummiband, Streichhölzer, eine zerknüllte Zigarettenschachtel. Das war alles.

Ich wollte eine Art Tagebuch finden, etwas, wo sie notierten, was sie den Tag über getan hatten. Ich hob die Kissen hoch und sah unter den drei dünnen Matratzen nach. Was würde in einem solchen Tagebuch wohl stehen? Heute einen alten Mann geschlagen, die Lehrer verprügelt, ein junges Mädchen erschossen? Aber ich fand nichts.

Es hätte das Zimmer von irgendwem sein können, oder auch von gar niemandem. Die Soldaten hatten nichts daraus gemacht. Es gab keine Fotos von ihren Familien, nicht einmal Bilder von nackten Frauen. Es war immer noch der Brotladen meiner Großmutter, mit drei Klappbetten und einem speckigen Kartenspiel. Nachdenklich setzte ich mich auf eins der Betten. So also brachten sie es fertig. Sie schalteten ihre Erinnerung aus, sie dachten einfach nicht daran, dass sie selbst Familien hatten wie die, deren Leben sie zerstörten. Sie tranken Bier und warteten auf das Ende. Sie warteten genauso auf die amerikanischen Panzer wie wir. Denn dann konnten sie vielleicht wieder zurück nach Hause.

Eine Autotür schlug zu und Sekunden später erschien ein Schatten in der Tür. Es verschlug mir den Atem und ich blickte hoch. Sie waren zurück.

»He! Was machst du da? Raus mit dir!«, brüllte der Lange wütend. Er packte meinen Arm, zog mich hoch und schüttelte mich.

»Wer ist da?«, fragte der andere.

»Das Gör von nebenan. Bist du jetzt bald draußen!«

Einen Moment lang konnte ich nichts mehr sehen, aber irgendwie schaffte ich es durch die Tür nach draußen zu stolpern und zu unserer Hausseite zurückzurennen. Den Rest der Nacht lag ich vor lauter Angst wach und rechnete jeden Moment damit, dass sie die Tür einschlagen und mich holen würden. Vielleicht würde ich auf der Stelle erschossen.

Ich wollte nach oben laufen, in das Zimmer meiner Eltern. Aber ich traute mich nicht ihnen zu erzählen, was ich getan hatte. Ich war sicher, sie würden mir nie verzeihen, dass ich noch mehr Unglück über uns gebracht hatte. Ich musste fortgehen, meine Familie verlassen. Davor hatte ich mich immer am meisten gefürchtet. Ich starrte in die Dunkelheit. Ich würde weglaufen, je schneller, desto besser. Die Soldaten vergaßen bestimmt nicht, was ich getan hatte. Wenn ich fort war, ließen sie unsere Familie vielleicht in Ruhe.

Ich musste meiner Mutter endlich die Sache mit Fatmira erzählen. Jetzt sofort.

Ich warf die Decke zurück, sprang aus dem Bett, rannte über die glatten Fliesen in der Diele und die Treppe hinauf. Meine Mutter lag auf dem Rücken und schlief fest. Auf Zehenspitzen schlich ich mich an die Seite ihres Bettes. Sie war sofort hellwach, als hätte sie geahnt, dass ich kommen würde. Ich kniete mich neben sie.

»Adem, was ist los?«, flüsterte sie.

»Mama … Ich hab gewusst … Ich hab gewusst, dass Fatmira das Gedicht auf der Brücke vorlesen will. Sie wollte, dass ich Besim nichts davon sage, deswegen hab ich's nicht getan. Aber ich hätte sie aufhalten können.«

Tränen liefen mir über das Gesicht.

»Schon gut, ist ja gut«, sagte meine Mutter und strich mir übers Haar. »Lass uns nach unten gehen.«

Sie brachte mich zurück in mein Bett und deckte mich zu. Dann setzte sie sich auf den Rand des Sofas und strich mir wieder übers Haar.

»Es ist meine Schuld«, sagte ich. »Ich habe es nicht verhindert.«

»Wie kannst du so was denken? Überleg doch mal, Adem. Ich habe sie dazu ermutigt zu schreiben. Ich war so stolz auf sie. Warum habe ich sie dann nicht fortgeschickt, irgendwohin, wo sie in Sicherheit gewesen wäre, wo sie hätte studieren können? Warum habe ich meine eigene Tochter nicht besser beschützt? Niemand von uns hier kann die Zukunft voraussehen. Alles kann sich von einer Stunde zur nächsten ändern.«

Sie seufzte und stützte das Gesicht in die Hände. Es gab ein dumpfes Geräusch, als einer der Soldaten ein Bett oder einen Tisch gegen die Wand schob. Meine Mutter fuhr hoch und lauschte.

»Sie sind wieder da«, flüsterte ich. »Mama?«

»Was ist?«

Aber ich schwieg. Es war schon schlimm genug, dass die Soldaten zurück waren. In ein oder zwei Tagen würde ich ihr erzählen, dass ich fortgehen wollte, dass ich zu meinen Cousins nach Elbasan ziehen und dort zur Schule gehen würde.

»Kannst du jetzt schlafen?«, fragte sie.

»Ja«, sagte ich. Sie gab mir einen raschen Kuss und ging hinauf.

Als ich am nächsten Morgen aufstand, war ich müde und nervös. Meine Augenlider waren geschwollen und juckten und jeder Muskel tat mir weh. Trotzdem fühlte ich mich besser als seit langem. Ich ging in die Küche. Meine Mutter machte gerade das Frühstück für meinen Vater.

»Wann hast du eigentlich das letzte Mal den Kuhstall anständig ausgemistet?«, fragte mein Vater gereizt.

»Gestern«, brummte ich, statt zu sagen, dass ich mir heute mehr Mühe geben würde.

»Dann machst du es eben noch mal«, sagte mein Vater. »Und wenn du damit fertig bist, kommst du zum Kanal und hilfst uns beim Graben!«

Ich sah hinaus. Obwohl es noch früh war, brannte die heiße Augustsonne auf die Felder nieder und ihr grelles Licht ließ die Erdbrocken auf den Feldern blass erscheinen, nutzlos, wie Kalk. Ich schnitt eine Grimasse. »Sie sind wieder da«, sagte ich. »Die Soldaten.«

Meine Mutter warf mir einen warnenden Blick zu, aber es war zu spät.

»Ich will nichts davon hören!«, brüllte mein Vater.

Er stand so plötzlich vom Tisch auf, dass er den Stuhl umwarf. Krachend schlug er auf den Boden. Pranvera begann zu weinen, wahrscheinlich aus Angst vor den Soldaten.

»Du hast doch nicht etwa gedacht, dass sie für immer fort sind?«, sagte mein Großvater. »Da hättest du mich fragen sollen! Das hätte ich dir gleich sagen können.«

»Ach ja?«, schrie mein Vater. »Das hättest du mir sagen können, ja? Ich hab deine Geschichten vom Krieg und von den Nazis satt! Die Nazis waren nicht bei dir im Haus! Die Nazis haben auch nicht deine Tochter erschossen!«

Mein Großvater erhob sich steif und verließ beleidigt das Haus. Er würde zum Dorfplatz gehen, mit seinen Freunden rauchen und Kaffee trinken und nicht vor dem Abendessen zurückkommen, verstrickt in einen stummen Kampf mit meinem Vater.

Er hatte ein schweres Leben gehabt. Das hatten die meisten alten Leute im Kosovo. Mein Großvater war aus der serbischen Republik nach Makedonien vertrieben worden und dann von Makedonien hierher, nach

Prizren. Er war im Zweiten Weltkrieg Partisan gewesen und hatte zusammen mit den Serben gegen die Nazis gekämpft – Seite an Seite! Die Kroaten hatten mit Hitler paktiert, wir nicht.

Mein Vater ging hinten hinaus, um seine Schaufel zu holen. Er würde sich wieder auf Wassersuche begeben.

Nach dem Frühstück mistete ich den Kuhstall aus. Dann machte ich mich, statt meinem Vater zu helfen, auf den Weg, der in die entgegengesetzte Richtung führte: hinunter nach Prizren und zum Zigeunerlager. Je früher ich meine Flucht plante, desto besser.

Bis zum Lager war es ein weiter Weg durch die Hitze. Endlich erreichte ich den Schotterplatz, der an der Straße lag. Das Feuer aus dem Müll, den sie verbrannten, schwelte noch. Selbst an heißen Sommertagen machten die Zigeuner gern ein Feuer. Ganz in der Nähe parkte ein kleiner Laster. Die Hecktüren waren offen und ich spähte hinein. Im Wagen war mein Freund Fikel, der gerade ein Tierfell auseinander faltete und hochhielt. Es war rotbraun.

»Du schon wieder?«, sagte er. »Das ist ein Bärenfell. Manche Russen mögen das immer noch. Sieht schön aus, nicht?«

»Warst du schon mal in Russland?«, fragte ich.

»Natürlich. Schon oft. Na ja, nicht in Russland. In der Ukraine.«

Vielleicht konnte ich ja auch nach Russland gehen. »Wann fährst du wieder hin?«, fragte ich.

Er antwortete nicht sofort, sondern ließ das Bärenfell

sinken, sprang von der Ladefläche und rieb sich die Hände an den Hosen ab.

»Willst du fort?«, fragte er.

Ich starrte ihn an. Hatte *er* Besim verschwinden lassen? Ich nickte.

»Wie viel Geld hast du?«, fragte er.

Ich zuckte mit den Schultern. Ich hatte keine Ahnung, was ich sagen musste. »Wie viel brauche ich denn?«

»Hör zu. Du überlegst es dir, sagen wir, bis zum Ende des Monats. Wenn du dann immer noch fort willst, kommst du zu mir.«

Er klopfte mir auf die Schulter und begleitete mich an die Straße.

»Tut mir leid, aber wenn zu viele Albaner an meinem Feuer sitzen, kriege ich Schwierigkeiten. Jemand könnte dich hier sehen.«

Ich verließ das Lager und lief zurück, den weiten Weg bergauf zu unserem Dorf. Als ich um eine der vielen Kurven kam, sah ich zu meinem Entsetzen die drei Soldaten mit ihren Gewehren mitten auf der Straße stehen.

Elf

Wir sollten nirgends allein hingehen, sondern immer mit jemandem zusammen bleiben. Ich hatte mich nicht daran gehalten. Und nun war ich allein, hatte keinen Zeugen, und an der Art, wie die Soldaten auf der Straße standen, merkte ich, dass mir nichts Gutes bevorstand.

Aber ich ging ihnen entgegen, mit gesenktem Kopf, den Blick auf den Boden geheftet. Mein Gesicht war völlig ausdruckslos, obwohl das Herz mir bis zum Halse schlug und meine Knie zitterten. Geh einfach weiter, sagte ich mir. Tu so, als ob nichts wäre. Bleib ruhig und lass sie nicht spüren, dass du Angst hast.

Das hatten die Erwachsenen uns eingeschärft: Ruhig bleiben, immer tun, was sie sagen, und nicht widersprechen.

»He, Kleiner. Nicht so hastig!«, sagte der eine.

Ich blieb stehen. Sie kamen auf mich zu. Würde Gregor den Mut haben mir zu helfen? Ich hob den Kopf und schaute ihm ins Gesicht, aber er sah mich nicht an. Auch sein Gesicht war völlig ausdruckslos. Die anderen beiden lachten.

»He, das ist doch der kleine Fußballstar!«

Ich wurde rot und sah zu Boden.

»Seit wann lässt Jugoslawien Albaner beim World Cup spielen?« Alle lachten über diesen Witz, sogar Gregor. »He! Ich hab dich was gefragt! Seit wann?«, fragte der Lange.

»Nie«, sagte ich leise.

»Also, du Meisterkicker, wo ist dein Bruder?«

Mein Bruder? Einen Moment lang begriff ich nicht.

»Hast du nicht gehört? Wo ist er?« Der Soldat versetzte mir einen Stoß. Ich taumelte zurück.

»Besim ist mein Cousin«, sagte ich. »Nicht mein Bruder.«

»Ist mir scheißegal, wer er ist. Ich will wissen, wo er ist!«

Er stieß mir den Gewehrlauf unters Kinn und drückte meinen Kopf nach oben, sodass ich ihn ansehen musste. Ich schämte mich, denn vor lauter Angst fing ich an zu weinen. Aber ich schaffte es wenigstens lautlos zu heulen. Wieder sah ich zu Gregor.

»Glotz ihn nicht an, Idiot! Eure Freundschaft ist zu Ende. Das werden wir schon noch klären. Wo ist er?«

»Ich weiß nicht!«, schrie ich.

»Natürlich weißt du's! Wir brauchen Soldaten, die unser Jugoslawien für uns zusammenhalten. Und wir können jeden bestrafen, der die Einheit Groß-Serbiens bedroht!«

Er stieß seinen Gewehrlauf in die weiche Stelle unterhalb meines Kehlkopfes und ich fiel um. Dann trat er mit seinen Armeestiefeln auf die Finger meiner rechten Hand. Ich spürte, wie die Knochen krachten. »Ich weiß es nicht, wirklich nicht!«, schrie ich.

»Was ist denn das?«

Im Fallen war die Lederkordel mit dem Samtsäckchen aus dem Halsausschnitt meines T-Shirts hervorgerutscht. Der Soldat bückte sich, riss es mir vom Hals und zog es auf.

»Ein Liebesgedicht, wie niedlich!« Er knüllte es zusammen und warf es auf den Boden. Ich war froh, dass er kein Albanisch lesen konnte.

»Ob du nun weißt, wo dein Bruder ist, oder nicht: Du bist ein Unruhestifter. Also werden wir dir eine kleine Lektion erteilen dafür, dass du bei uns herumgeschnüffelt hast. Du spionierst für den Bund, ganz klar. Wie schlau von ihnen ein Kind einzusetzen!«

»Nein!«, schrie ich. »Ich bin kein Spion!«

Jetzt war alles aus. Sie würden mich erschießen. Ich würde sterben, hier, mitten auf der Straße, so wie Fatmira gestorben war. Sie würden meinen Körper nach Hause tragen und meine Eltern würden wahnsinnig werden vor Kummer.

Der zweite nahm sein Taschenmesser heraus, klappte es auf und zerschlitzte mir das T-Shirt von oben bis unten. Gregor wandte sich ab, weil er es nicht mit ansehen konnte. Aber als sie darüber witzelten mich zu kastrieren, fuhr er herum. »Seid still, ihr Schweine!«, schrie er.

Im selben Moment sprang ich auf und rannte los, aber der Lange erwischte mich an den Beinen und warf mich zu Boden. Hemmungslos schluchzend schlug ich um mich. Sie stellten sich auf meine Arme. »Weißt du, was ein serbisches Kreuz ist?«, fragten sie. Der Kleinere beugte sich hinunter und begann meinen Oberkörper mit dem Messer zu bearbeiten. Sie ritzten ein großes orthodoxes Kreuz hinein, mit dem kyrillischen S in jeder Ecke. Es bedeutete: Nur Einheit rettet die Serben.

Ich spürte die heißen, lang gezogenen Stiche, während die Klinge ihre roten Linien in meinen Brustkrob grub. Es dauerte eine Ewigkeit, bis sie die vier S in meinen Körper geritzt hatten. Sie sprachen darüber, mir die Brustwarzen abzuschneiden, weil sie nicht zum Bild passten. Schließlich machten sie über jedes S noch ein kleineres Kreuz. Dann richteten sie sich auf und betrachteten lachend ihr Kunstwerk, während ich noch immer wie festgenagelt auf der Straße lag, ihre Stiefel auf meinen Armen.

»Nun trägst du unser Kreuz für uns!« Sie lachten. »Bist jetzt eine orthodoxe Ikone!«

Sie ließen mich los. Am ganzen Leibe zitternd sprang ich hastig auf die Füße. Mein T-Shirt und Fatmiras Gedicht ließ ich im Straßendreck liegen. Ich stolperte die Straße entlang, setzte über einen Graben und rannte auf ein Feld hinaus. Heulend warf ich mich zu Boden. Ich hätte weiterrennen sollen. Vielleicht würden sie aufs Feld kommen und mich umbringen. In diesem Moment war es mir egal. Alles, was ich empfand, war Scham. Wahrscheinlich fühlten sich Mädchen, die vergewaltigt worden waren, genauso. Ich war gezeichnet fürs Leben.

Ich setzte mich auf und sah an meinem Körper herab. Er war verschmiert mit Blut und hellen Schlammspuren. Ich wusste nicht, wie tief die Schnitte waren, aber sie schienen nicht mehr zu bluten.

Für einen Moment hatte ich meine Hand vergessen, aber nun merkte ich es. Die drei mittleren Finger, die der Soldat mit seinem schweren Stiefel zerquetscht hatte, taten höllisch weh. Bei jeder kleinsten Bewegung schoss der Schmerz durch meine Hand in den Arm hinauf. Wieder begann ich zu weinen. Die Finger waren bestimmt gebrochen.

Hilflos rieb ich mit der linken Faust über die Schnittwunden, als könnte ich das Kreuz wegwischen. Irgendwie musste ich es wieder loswerden, bevor ich nach Hause kam. Ich riss ein paar Blätter von den Maispflanzen ab und versuchte meinen Oberkörper mit Spucke zu säubern, aber dadurch verschmierte ich das Blut nur noch mehr. Schließlich gab ich auf, ließ mich auf den Rücken fallen und starrte in den grellen, blauen Himmel.

Ich wollte, dass mein Vater sich ein Gewehr besorgte und die Männer erschoss. Alle, auch Gregor, den ich für meinen Freund gehalten hatte. Vielleicht war er es ja auch in gewisser Weise. Aber er konnte nichts tun, genau wie mein Vater. Das wusste ich jetzt. Fatmira hatte mit dem Tod dafür bezahlen müssen, dass sie ihre Meinung sagen wollte. Und ich hatte versucht den Dingen auf den Grund zu gehen und war deshalb überfallen worden. Mein Vater hatte Recht damit sich nicht zu wehren. Die Zeichen der Zeit waren alle gegen uns. Wir saßen in der Falle.

Die Politiker behaupteten, die Welt höre uns und wisse, was hier bei uns los war. Aber wie konnten wir da sicher sein? Was, wenn es nicht so war? Die Welt hatte die Bosnier nicht gehört, das wussten wir alle. Sie hatte Bosnien im Stich gelassen. Ich hatte gesehen, wie tausende von Moslems umgebracht wurden. Warum also sollte uns jemand hören? Wir waren noch nicht mal tot.

Ich weinte immer noch, drehte mich auf die Seite, zog die Knie an und rollte mich zusammen. Wie konnte ich meiner Familie so unter die Augen treten? Ich stellte mir vor, wie entsetzt sie sein würden, wenn sie mich sahen. Ich wusste, was sie tun würden. Sie würden sich beeilen meine Wunden zu säubern und mir ein Hemd überzuziehen, damit man sie nicht sah. Und dann, das war das Schlimmste, würde alles so weitergehen, wie es vorher gewesen war. Tag für Tag, Jahr für Jahr. Und an jedem dieser Tage würde meine Familie in Gefahr schweben, weil ich das Kreuz trug.

Ich lag auf der Erde und wartete auf den Abend.

So würde ich nicht weiterleben, das schwor ich mir. Meine Eltern mussten dableiben, wegen Halil, Pranvera und meinen Großeltern. Aber ich konnte ihnen am meisten helfen, wenn ich fortging. Vielleicht ließen die Soldaten meine Familie dann in Ruhe.

Die Sonne verschwand hinter den Bergen und kühle, purpurne Schatten senkten sich auf das Feld. Schwalben schossen pfeilschnell dahin, auf der Jagd nach Insekten. Im Graben grasten zwei herumstreunende Ziegen. Ein Auto fuhr vorbei, dann ein Laster, der eine Staubwolke hinter sich ließ. Ich hörte das gleichmäßige Hufgeklapper eines Pferdekarrens auf dem Weg hinunter in die Stadt. Die Soldaten waren fort.

Genau über dem Sar-Gebirge, wo Makedonien lag, erschien ein heller Stern. Ich zitterte vor Kälte und fühlte mich einsam und verlassen. Fatmira fiel mir ein. Sie war so stark gewesen, hatte so viel Mut gehabt. Langsam kehrte die Energie in meinen Körper zurück. Ich hörte ihr Lachen und sah sie vor mir, mit erregten, weit aufgerissenen Augen, die voller Hoffnung waren. Ich wollte, dass ein Stück von ihr in mir weiterlebte und mich stärker werden ließ, dass ich eines Tages so sein würde wie die »vielen Stimmen« in ihrem Gedicht.

Ich hörte auf zu weinen und sah zu dem Stern hinauf, der heller und heller leuchtete, während der türkisfarbene Himmel sich langsam dunkler färbte und in ein tiefes Blau überging.

Ich hatte Angst nach Hause zu gehen, Angst meinen Eltern neuen Kummer zu bereiten. Ich wusste, sie würden entsetzt sein. Ich fürchtete mich am meisten davor, was mein Vater sagen würde. Ich konnte einfach nicht nach Hause. Aber nach einer Weile machte ich mich doch auf den Weg.

Zwölf

Ich stand am Hintereingang der Küche. Sie waren gerade dabei, das Abendessen vorzubereiten.

»Wo bist du gewesen?«, brüllte mein Vater, holte aus und ohrfeigte mich, bevor er etwas merkte.

Pranvera warf sich zwischen uns und schlang ihre Arme um mich. Meine Mutter sah das Blut und schob sie beiseite. Ich stand da wie eine Puppe, meine Arme hingen starr herab. Meine Mutter hockte sich vor mich, starrte auf das Kreuz und schlug die Hände vors Gesicht. Sie hastete zum Waschbecken und holte einen nassen Lappen. »Was ist passiert, Adem? Was ist mit dir passiert? Wer war das? Die Soldaten?«

Ich nickte. Sie begann den Dreck abzuwischen. Das Wasser war kalt und ich zuckte zusammen.

»Hör auf«, sagte ich. »Ich habe Hunger.«

»Pranvera, mach Tee«, sagte meine Mutter. Mein Vater fluchte und schritt auf und ab. Er blickte wieder auf meinen Oberkörper und stürzte aus dem Zimmer. Ich sah, dass er weinte.

Ich setzte mich, meine Mutter legte mir eine Decke um die Schultern und gab mir heißen, starken Tee mit Unmengen Zucker und eine dicke Scheibe Brot.

Nach kaum zehn Minuten erschien mein Vater wieder und brachte zwei ältere Männer mit, Halil Raziri und Beqe Shukriu, die vor der Besetzung die beiden offiziellen Vertreter unseres Dorfes gewesen waren. Sie schoben die Decke zurück und untersuchten mich, während ich sie über den Rand der Teetasse hinweg anstarrte und versuchte nicht vor Kälte zu zittern.

»Wir müssen ihn so schnell wie möglich nach Prizren bringen«, sagte Raziri. »Wir können ein Auto besorgen.«

»Nein! Er soll jetzt erst mal nirgendwo hin«, sagte meine Mutter. »Ihr seht doch, dass er friert und erschöpft ist. Er muss sich ausruhen.«

Es war mir egal, was sie mit mir taten. Ich kam mir vor wie in einem Traum, aus dem man nicht erwachte.

Einige Minuten später kam ein Auto. Mein Vater sagte den Männern vom Demokratischen Bund, sie sollten draußen warten. Er fasste mich an den Schultern und wickelte mich fest in die Decke, die Augen voller Tränen. Ich wollte etwas sagen um ihn zu trösten und merkte, dass es ihm genauso ging. Stattdessen zog er mich an sich und umarmte mich fest. Dann wurden meine Mutter und ich unter den aufmerksamen Blicken der drei serbischen Soldaten auf den Rücksitz des Wagens verfrachtet. Ich versuchte Gregor in die Augen zu sehen, aber er wandte den Blick ab.

»Frag deinen albanischen Doktor doch mal, ob er weiß, was das Kreuz bedeutet«, rief der Lange, als wir einstiegen. »Und sag ihm, dass bald jeder Junge hier im Dorf eins tragen wird!«

»Alles Gute«, sagte der Zweite und schlug die Autotür hinter uns zu. »Viel Glück für die Reise. Grüß die Journalisten aus dem Westen von uns!«

Unser Fahrer fluchte leise vor sich hin und fuhr eilig davon. Aus dem Autoradio drang sanfte Musik, nicht die üblichen albanisch-nationalistischen Volkslieder, sondern beruhigender Jazz. Wenn ich doch nur dort leben könnte, in dem Land, wo diese Musik herkam, dachte ich. Dann hätte ich meine Ruhe und wäre zufrieden.

Als wir am Zigeunerlager vorbeifuhren, sah ich aus dem Fenster. Ein großes Feuer aus brennendem Müll schoss orange leuchtende Funken in den schwarzen Himmel hinauf. Es schien mir völlig unmöglich, dass ich nachmittags schon hier gewesen war, dass es derselbe Tag war. Ich konnte Fikel nirgends entdecken.

Wir fuhren die Straße hinunter ins Tal, den funkelnden Lichtern von Prizren entgegen. Als wir unten ankamen, war die Straße wie gewöhnlich abgesperrt. Die Polizei hielt alle Wagen an. Ein Schauer lief mir über den Rücken, als ich die Beamten sah, und ich atmete tief durch. Meine Mutter drückte mich an sich, aber wir wurden einfach durchgewunken. Wenigstens dieses eine Mal hatten wir ein bisschen Glück.

Der Wagen wand sich durch schmale, alte Gassen voller Menschen. Schließlich hielten wir an. Unser Fahrer stieg eilig aus und klopfte an eine schwere Eichentür, die in eine Betonmauer eingelassen war. Die Tür öffnete sich einen Spalt breit und ich sah, wie er alles erklärte und um Einlass bat.

Dann half er mir und meiner Mutter aus dem Auto. Der Mann an der Tür winkte uns herein, führte uns über einen Hof mit Kopfsteinpflaster und einen schmalen Gang entlang. Wir gingen durch eine zweite Tür, stiegen durch ein Treppenhaus nach oben und kamen in einen kleinen Raum, in dem mehrere Sofas und niedrige Tische nebeneinander standen. Um einen der Tische saß eine Gruppe von fünf müde wirkenden Männern.

»Komm her«, sagte der Mann am Kopfende des Tisches. »Wie geht es dir heute Abend?«

Es war Dr. Dedusha. Er nahm mich bei den Schultern und schob die Decke zurück. Aufmerksam betrachtete er das Kreuz.

»Erinnerst du dich an mich? Ich war bei euch, als dein Vater im Gefängnis saß. Ich bin Dr. Dedusha.«

Ich gab keine Antwort, aber meine Mutter nickte. »Ja«, sagte sie.

»Und er ist Fatmiras Bruder?«

»Ja.«

Dr. Dedusha trat beiseite, damit die anderen Männer mich sehen konnten. Halb nackt stand ich da. Ich hatte einen Kloß im Hals, mein Gesicht brannte und meine Hände waren eiskalt.

»Es ist heute Nachmittag passiert?«, fragte er. »Um wie viel Uhr?«

Einer der anderen Männer schlug mit der Faust auf den Tisch und sprang auf. »Was spielt denn das für eine Rolle? Das ist einfach zu viel! Das können wir uns nicht bieten lassen. Sollen wir die Hände in den Schoß legen und uns jede Misshandlung gefallen lassen?«

Ich fror und wollte mir die Decke wieder umlegen, aber Dr. Dedusha hielt mich immer noch an den Schultern. Wenn meine Arme so nach unten hingen, tat die rechte Hand schrecklich weh.

»Wir müssen Ruhe bewahren. Es gibt keine andere Möglichkeit«, sagte Dr. Dedusha.

»Mein Gott, natürlich gibt es eine! Wir müssen handeln! Seit fünf Jahren sehen wir tatenlos zu, wie sie unsere Leute erschießen, foltern und verhungern lassen. Jetzt fangen sie an unsere Kinder mit Messern zu quälen und wir sagen immer noch nichts? Wir tun nichts?«

»Wir werden etwas tun, Mustafa. Sie holen gerade einen Fotoapparat. Das Bild des Jungen wird in allen Nachrichten erscheinen. Es kommt in die westlichen Zeitungen. Die Diplomaten werden darüber lesen. Ich versichere dir, wir tun etwas, auf jeden Fall«, sagte Dr. Dedusha.

Der andere Mann, Iusuf Mustafa, schnaubte verächtlich und zündete sich eine Zigarette an. Seine Hände zitterten.

»Bitte«, sagte meine Mutter. »Streiten Sie sich nicht. Nicht vor meinem Sohn.«

Die beiden achteten nicht auf sie. »Hör zu«, sagte Mustafa etwas ruhiger. »Die Leute, die so etwas tun, sind schließlich auch nicht ruhig. Sie sind nicht normal – wenn du es in dieser Formulierung besser begreifst. Sie haben keinen Verstand, sondern kennen nur Gewalt. Wir haben es jahrelang mit Diplomatie und passivem Widerstand probiert. Es war wichtig, dass wir es versucht haben. Aber jetzt stoßen sie uns mit dem Gesicht in den Dreck. Es ist höchste Zeit, dass wir reagieren, Dedusha.«

Jetzt schlug Dr. Dedusha mit der Faust auf den Tisch. Ich zuckte erschrocken zusammen. »Nein! Ein offener Krieg würde uns vernichten! Wir wären gezwungen gegen unsere serbischen Nachbarn zu kämpfen. Außerdem ist die Armee direkt hier unter uns. Wir würden massakriert wie die Bosnier, nur schlimmer, weil wir mehr Kinder haben und keine Waffen. Mit gewaltlosem Widerstand behalten wir unsere Würde und wir überleben!«

»Ich bin anderer Meinung!«

Da öffnete sich die Tür. Wir fuhren herum. Es war der Wachmann vom Eingang. Er hatte die Kamera dabei und sah Dr. Dedusha fragend an.

»Ja, ja, nur zu ...«, brummte Dr. Dedusha.

Sie drehten mich um, sodass ich in die Kamera blickte. Wieder hatte ich das Gefühl, alles sei nur ein Traum. Diesmal war es noch stärker. Hinter mir dröhnte das Stimmengewirr der streitenden Männer. Meine Augenlider waren schwer. Vor meinem Gesicht blitzte Licht auf und ich verlor die Besinnung.

Später träumte ich, die Kamera sei ein Gewehr.

Ich erinnere mich daran, dass ich irgendwann aufwachte und meine Mutter sah. Ich versuchte mich aufzusetzen.

»Nicht doch«, sagte sie sanft. »Ruh dich erst mal aus. Du warst ganz erschöpft.« Ich legte mich wieder zurück, jemand gab mir eine Spritze in den Oberarm und alles verschwamm vor meinen Augen. Um mich herum hörte ich die Stimmen der Leute, aber ihre Worte ergaben keinen Sinn. Dann schlief ich wieder ein.

Ich musste den ganzen folgenden Tag über geschlafen haben, denn als ich aufwachte, war es wieder Nacht. Ich sah hinunter auf meine Hand. Sie war geschient, damit ich die Finger nicht bewegen konnte. Es tat nicht mehr ganz so weh.

Ein paar Minuten blieb ich still liegen und dachte über den Streit der Männer am vorigen Abend nach. Dr. Dedusha war oft zu uns in die Schule gekommen und hatte uns eingeschärft ruhig zu bleiben und nichts zu erwidern, wenn wir beschimpft wurden. Aber vielleicht hatte Mustafa ja genauso Recht. Vielleicht war es an der Zeit sich zu wehren.

Es klopfte.

»Herein«, murmelte ich.

Die Tür öffnete sich. Ein anderer Wachmann führte zwei Ausländer herein, der eine mit Kamera und Tasche. Journalisten.

»Hallo, Junge!«, sagte der mit der Kamera und kam mit ausgestreckter Hand auf mich zu. Er war Engländer.

»Wir haben deine Geschichte gehört und es tut uns sehr Leid. Wir würden uns gern ein bisschen mit dir unterhalten.«

Verdutzt starrte ich seine Hand an. Zuerst dachte ich, dass ich ihm Geld geben sollte. Erst dann begriff ich, dass er einfach nur höflich war. Ich mochte den britischen Akzent nicht. In der Schule versuchten wir alle mit amerikanischem Akzent zu sprechen, wie wir es von den Videos her kannten.

Ich stieg aus dem Bett und richtete mich auf. Mein Magen knurrte und mir war schwindelig. Vielleicht kam das von der Spritze, nach der ich eingeschlafen war. Warum hatte der Demokratische Bund mir ein Schlafmittel gegeben? Wo war meine Mutter? Was, wenn Dr. Dedusha in Wirklichkeit ein serbischer Spion war? Ich hatte das früher schon Leute sagen hören, aber nie darauf geachtet. Nun schien es mir möglich zu sein. Alles schien möglich zu sein.

Der Fotograf hantierte mit seiner Kamera. Der andere zückte einen kleinen Notizblock und setzte sich auf die Bettkante. »Ist das in Ordnung?«, fragte er.

Warum fragte er die ganze Zeit? Ich wusste einfach nicht, was ich antworten sollte. Als ich nichts sagte, warf der Fotograf ihm einen warnenden Blick zu, als wollte er sagen: »Anscheinend ist er nicht gerade eine Leuchte.«

»Kannst du uns erzählen, was gestern passiert ist?«

Ich sagte immer noch nichts. Wenn ich antwortete, erging es meiner Familie vielleicht noch schlimmer. Die Serben würden sicher wütend werden, wenn ich wirklich mit westlichen Journalisten sprach. Plötzlich hatte ich Angst, eine Art von Angst, die ich früher nie gekannt hatte. Ich traute den beiden Männern nicht. Warum sollte ich? Es war sehr gut möglich, dass die Serben nur nach einem guten Grund suchten mich umzubringen. Daran musste ich denken und nicht an das, was die englischen Reporter interessierte.

»Sie haben doch gesagt, dass er sehr gut Englisch spricht«, sagte der Fotograf. »Komm, lass uns nur ein Bild von ihm schießen. Wir können später einen vom Bund interviewen.«

»Okay. Hey, ist es dir recht, wenn wir dich nur fotografieren? Es macht nichts, wenn du nicht darüber sprechen willst. Könntest du einfach nur dein Hemd ein wenig hochheben?«

Ich rührte mich nicht. Alles, woran ich denken konnte, war meine Familie. Ganz egal, was ich in diesem Zimmer nun tat, ich würde sie verraten und ins Unglück stürzen. Wenn ich mit den Reportern sprach, würden die Serben wütend werden. Vielleicht kamen sie dann wieder zu uns ins Haus und brachten meinen Vater um. Und wenn ich nicht mit den Reportern sprach, würde die Welt nicht erfahren, was mit uns hier im Kosovo geschah. Dann verriet ich die Widerstandsbewegung. Aber gegen die geringe Chance, dem Bund zu nützen, konnte ich die Sicherheit meiner Familie nicht aufs Spiel setzen.

»Hör zu«, sagte der Fotograf zu dem anderen Reporter. »Wir sind extra deshalb hergekommen, also heb sein Hemd hoch. Ich knipse schnell und dann sind wir draußen.«

»Okay.«

Sehr vorsichtig hob der englische Journalist mein Hemd vorne hoch. Es war ein Männerhemd, groß, weiß, mit Knöpfen bis unten hin, die Ärmel waren hochgekrempelt. Vielleicht gehörte es Dr. Dedusha.

»O Gott!«, sagte der Fotograf. »Der arme Kerl.«

Ich sah an mir hinunter. Die Schnitte waren nun flammend rot und zu beiden Seiten angeschwollen, auf den Linien hatte sich harter, brauner Schorf gebildet. Den Dreck hatte man abgewaschen. Das Blitzlicht leuchtete auf. Ich blinzelte und setzte mich aufs Bett.

Der Reporter beugte sich über mich und legte mir seine Hand auf die Schulter. »Es tut mir Leid, Junge, sehr Leid. Wir tun, was wir können.«

Aber ich hörte nicht richtig zu. Draußen fuhr ein Wagen vor und dann noch einer. Man hörte Türen schlagen. Unruhig sah ich zum Fenster. Der Fotograf ließ die Kamera rasch in seine Tasche gleiten. »Gehen wir«, sagte er zu dem anderen. »Komm schon!«

Jetzt erst begriff ich, dass sie sich in Gefahr begeben hatten, um mir zu helfen. Von draußen drang Geschrei herauf. Ich ging zum Fenster und sah hinaus. In der schmalen Gasse, die wie eine Allee wirkte, parkten zwei Militärjeeps, die die Zufahrt blockierten. Die Reporter waren mit einem Auto gekommen, das unten stand. Einige Männer der Miliz stießen den wartenden Fahrer herum und fragten ihn, wer in das Haus gegangen war.

Angst durchzuckte mich. Ich sah die beiden englischen Reporter an, die noch immer nicht merkten, was sich anbahnte. Aber ich wusste es. Und ich hatte keine Zeit zu verlieren. Außer Fatmira waren in Prizren elf andere Kinder erschossen worden.

Ich würde nicht das nächste sein.

Dreizehn

Ich öffnete die Tür, rannte den kurzen Flur entlang, die Hintertreppe hinunter und hinaus in den Innenhof, der durch eine hohe Betonwand von der Straße abgetrennt war. Ich kletterte auf das Dach eines Werkzeugschuppens, erklomm eine zweite Mauer und sprang. Der Hof, in dem ich landete, grenzte an eine andere Seitenstraße als die, in der die Jeeps standen.

Ich stand im Schatten der Mauer und überlegte fieberhaft, was ich als Nächstes tun sollte. Wenn ich nach Hause ging, würde ich meiner Familie mit Sicherheit nur noch mehr Ärger bereiten. Wenn ich nicht nach Hause ging, bestand die Möglichkeit, dass sich mit der Zeit alles beruhigte und sie nicht mehr so sehr in Gefahr schwebten. Ich konnte nicht zurück, das hatte ich sowieso schon beschlossen. Jetzt hatte ich noch mehr Grund dazu. Ich musste weg und zwar sofort.

Ich entschied mich ohne lange zu überlegen. Ich würde zu Fikel gehen und hoffen, dass alles gut ging. Die Zigeuner waren niemandem verpflichtet, weder den Serben noch den Albanern, und es konnte genauso gut sein, dass sie mich anzeigten. Aber ich hatte ja schon mit Fikel gesprochen, vielleicht würde er mir helfen. Vielleicht. Dann wollte ich versuchen nach Albanien zu kommen, zu meinen Verwandten in Elbasan.

Wegen der Straßensperren der Polizei war der Weg zum Zigeunerlager gefährlich. Ich würde es über die Weinberge versuchen müssen.

Ich kauerte am Boden, bis ich sicher war, dass die Jeeps und die Reporter verschwunden waren. Dann kletterte ich über die Mauer und suchte mir einen Weg durch die Gassen des nächtlichen Prizren.

Ich kam gleich zu Beginn an zwei Straßensperren vorbei. In dieser Nacht wimmelte es nur so von Polizisten, die Autos anhielten und kontrollierten, aber sie beachteten mich nicht, als ich am staubigen Straßenrand unauffällig vorüberging, durch die enge Gasse, dicht an der Mauer eines Hofes entlang. Trotzdem schlug mein Herz bis zum Hals und ich betete zu Gott, ob muslimisch, katholisch oder orthodox – sicherheitshalber gleich zu allen dreien –, mich zu verschonen und zu beschützen.

Endlich erreichte ich den Stadtrand, wo die Weinberge begannen. Ich schlüpfte durch ein Loch in einem Stacheldrahtzaun, duckte mich nieder und begann parallel zur Straße bergauf zu klettern. Ich hatte Angst, dass ich in meinem weißen Hemd leicht zu sehen sein würde, aber in den Bergen war es kalt und ich würde alles an Kleidung brauchen, was ich hatte, deswegen wollte ich es nicht ausziehen.

Von hier oben sah Prizren wie ein tief gelegener Lichterteppich aus. Die Sterne über mir funkelten kalt und blau, sie wirkten so nah. Ich dachte über ihr unvorstellbares Alter nach. Sie hatten ihren festen Platz und all die Schäfer vergangener Jahrhunderte hatten sie von diesen Bergen aus gesehen, wie ich sie nun sah. Ihr schwaches blaues Licht schien Raum und Zeit zu durchdringen, ging durch mich hindurch und verband mich mit der Erde, auf der ich stand. Ich liebte den Kosovo.

Vielleicht war dies das Einzige, was mein Vater wollte – etwas ganz Einfaches: nachts auf seinem Feld zu stehen, die Sterne zu betrachten und über das Verstreichen der Zeit nachzudenken. Ich hatte es nicht verstanden. Ich hatte meinem Vater zu viele Vorwürfe gemacht, weil er hier bleiben wollte.

Vor mir bellte ein Fuchs und huschte davon zu seinem Bau. Die Füchse mochten Trauben und stahlen sie frisch von den Reben. Es war fast zwei Tage her, dass ich etwas Richtiges gegessen hatte. Ich blieb stehen, um ein paar Weintrauben zu probieren, aber sie waren hart und noch sehr sauer. Erst im September würden sie reif sein.

Es dauerte eine weitere halbe Stunde, bis ich den Lagerplatz endlich erreichte. Obwohl es schon nach Mitternacht sein musste, schwelte das Feuer noch. Durch die schwarze Asche hindurch glomm es orange. Ein Hund bellte. Er hatte neben dem Feuer geschlafen, aber nun kam er langsam auf mich zu, geduckt und knurrend. Ich streckte meine Hand aus und redete beruhigend auf ihn ein, hoffentlich biss er mich nicht.

»Platz!«, brüllte eine Männerstimme.

Fikel war hinten aus seinem Wagen geklettert und rieb sich verschlafen die Augen. »Du schon wieder«, sagte er. »Und diesmal mitten in der Nacht!«

Ich nickte, unfähig zu sprechen. Ich wusste nicht, wo ich beginnen sollte, wie ich erzählen sollte, was in der kurzen Zeit seit unserer letzten Begegnung alles geschehen war. Aber Fikel war ein geduldiger Mensch.

Zwei Frauen, eine junge und eine alte, tauchten auf.

»Was ist los?«, fragte die alte. »Wer ist dieser Junge?«

»Keine Aufregung«, sagte Fikel. »Ich mach das schon.«

Die Alte gab dem Hund einen kräftigen Klaps auf die Schnauze und er legte sich wieder neben das Feuer. In diesem Moment hätte ich gern mit ihm getauscht, auch wenn er geschlagen wurde. Als die Frauen fort waren, trat ich näher an das Feuer, damit Fikel genau sehen konnte, und zog mein Hemd hoch.

Als er das Serbenkreuz sah, zuckte sein Kopf ein wenig zurück. Er biss die Lippen zusammen und schwieg. Niemand im einstigen Jugoslawien sagte offen seine Meinung, wenn er es nicht musste. Es war zu gefährlich. Wir hatten längst gelernt mit Diktatoren und Spitzeln zu leben.

»Ich muss weg von hier«, sagte ich. »Nicht erst im September. Jetzt.«

»Hast du Geld mit?«, fragte er.

Ich schüttelte den Kopf. »Nein.«

»Kannst du welches besorgen?«

»Nein.«

Mir wurde schwindelig vor Müdigkeit und Anspannung. Ich wollte nur noch liegen. »Wenn du mich nicht wegbringen kannst, dann lass mich wenigstens hier ausruhen«, sagte ich.

»Komm«, sagte er und half mir in den Laderaum seines Wagens. Ich kletterte hinein und legte mich auf einen Stapel Tierfelle. Fikel saß in der offenen Rücktür. Hinter ihm zeichneten sich die schwarzen Umrisse der Berge ab, über seinem Kopf standen die Sterne. Er zündete sich eine Zigarette an und lehnte sich an die Innenwand. Ich schlief ein.

Dem grellen Licht und der Hitze nach zu urteilen musste es schon spät sein, als ich am nächsten Morgen erwachte. Das Erste, was ich spürte, war Angst. Keine Anspannung, sondern völlige Verwirrung. Ich sprang auf und ging an die offene Tür. Ich glaubte nicht daran, dass ich den Serben entkommen konnte, indem ich fortlief, und zugleich erschien es mir vollkommen möglich. Wenn es doch nur schon vorbei wäre, wenn ich es längst getan hätte! Ich wusste nicht, ob ich die Kraft hatte es wirklich zu tun. Mein Zuhause war so nah und ich sehnte mich danach meine Familie noch einmal zu sehen. Aber ich wagte es nicht.

Das Lagerfeuer loderte hoch auf und es stank stark nach verbranntem Müll. Ich konnte Fikel nirgends entdecken, aber in einem Gartenstuhl saß die alte Frau vor ihrem Wohnwagen und nähte. Trotz der Augusthitze trug sie eine fleckige, rosafarbene Windjacke und lange Hosen. Der schwere Abfallgeruch schien sie nicht weiter zu stören. Der Hund, der mich angeknurrt hatte, lag unter ihrem Stuhl. Ich musste unbedingt etwas zu essen auftreiben. Vielleicht ließ das wirre Gefühl im Kopf mit vollem Magen nach.

Die Alte blickte auf, und als sie mich sah, deutete sie auf das Feuer. Auf dem Boden stand ein Topf. Ich sprang aus dem Wagen und ging hinüber zum Feuer. In dem Topf war Reis mit Fleischstücken und Schalotten. Auf einem zweiten Gartenstuhl lag auf einem Schneidebrett ein halber Brotlaib. Hastig brach ich ein großes Stück ab und schlang es herunter. Dann machte ich mich über den Reis her. Der Hund kroch unter dem Stuhl hervor und kam langsam näher, mit vorgestreckter Schnauze und langem Rücken. Ich hielt ihm ein Stück Brot hin. Er schnappte es sich und trottete zurück unter den sicheren Stuhl.

Da sah ich den Bären. Er trug einen Ring durch die Nase und war mit einer Kette an der Hinterachse von Fikels Wagen festgemacht – ein kleines Braunbärjunges, ungefähr ein Jahr alt. Es saß auf seinen Hinterbeinen und prüfte den Zug des Nasenringes, ruckte mit dem Kopf vorsichtig nach oben und zurück, um loszukommen. Ich war verblüfft, wie geschickt es war.

Ich erhob mich, um den kleinen Bären zu streicheln. Er war etwa so groß wie ein großer Hütehund, war wohlgenährt und sah schön aus. Aber als ich auf ihn zuging, schrie die Frau auf: »Nein!«

Ich sah sie an. Sie schüttelte warnend den Kopf. Der Bär hatte sich mir zugewandt, beobachtete mich und wippte leicht von einem Bein auf das andere.

Ich ärgerte mich, dass Fikel das Tier auf diese Art festband. Ich wollte den Bären losmachen, sofort. Ohne näher heranzugehen ließ ich mich auf alle viere nieder und warf einen prüfenden Blick unter den Wagen, um zu sehen, wie die Kette befestigt war. Sie war um die Achse gewickelt und ein großes Vorhängeschloss hielt sie zusammen. Sie war zu dick und zu schwer – ich konnte die einzelnen Glieder unmöglich auseinander biegen.

Mir blieb nichts anderes übrig, als auf Fikel zu warten. Besorgt grübelte ich darüber nach, was meine Familie wohl von mir dachte. Ich wollte ihnen eine Nachricht schicken, aber nicht, bevor ich auf der anderen Seite der Berge und in Sicherheit war. Inzwischen hatten sie wohl von Dr. Dedusha erfahren, dass ich verschwunden war.

Ich wartete den ganzen Morgen, aber ich wagte nicht, mich weit von Fikels Wagen zu entfernen, aus Angst, dass mich jemand sehen würde. Endlich, gegen Mittag, kam Fikel gemächlich mit zwei Einkaufstüten den lang gezogenen Hang von der Stadt herauf und lächelte mir im Näherkommen kurz zu. Er trug die Tüten zum Wagen.

»Hallo«, sagte er. »Heiß ist es!«

Der Schweiß rann ihm von Stirn und Nacken. Sein feuchtes Haar ringelte sich und er zog ein großes Taschentuch hervor und rieb sich das Gesicht.

»Heute Abend«, sagte er. »Heute Abend gehen wir los, du und ich mit dem jungen Bären.«

»Ist es deiner?«, fragte ich.

»Im Moment ja. Ich bringe ihn über die Berge, zu meinem Cousin in Albanien. In Italien sind die Preise für Bären besser als in Bulgarien. Eigentlich wollte ich ihn noch für einen Monat hier behalten und ihn ein bisschen aufpäppeln. Das treibt den Preis in die Höhe. Aber nun bist du hier, da brechen wir eben jetzt schon auf.«

Fikel griff in eine der Plastiktüten und brachte eine Literflasche Cola zum Vorschein. Er prostete mir auf Albanisch zu: »*Gëzuar*«, sagte er. »Lach doch mal!«

Er nahm einen großen Schluck und reichte mir die Flasche.

»*Gëzuar*«, erwiderte ich ein wenig stockend. Das Zuprosten erinnerte mich an früher, an glücklichere Zeiten, als wir mit all unseren Verwandten und den Großeltern zusammen gesessen hatten.

»Das Problem ist«, sagte Fikel, »dass Bären einen großen Appetit haben. Und es gibt hier in den Bergen nicht so viel, was ein hungriger Bär fressen könnte.« Er sah mich an. »Das andere Problem bist du. Wie wir dich an der Miliz vorbeikriegen. Du musst auf jeden Fall hier weg, also kann es auch gleich heute Nacht sein.«

Wieder sah er mich ruhig an und nahm einen großen Schluck Cola.

Die Angst fuhr mir in die Glieder. Warum hatte ich ihm vertraut? Er hätte mich an diesem Morgen in Prizren ohne weiteres den serbischen Behörden melden können. Vielleicht waren sie schon auf dem Weg, um mich zu holen.

»Heute sind viele Straßen gesperrt, deswegen habe ich einen serbischen Fahrer organisiert, der uns mit dem Bären durch euer Dorf fährt. Du versteckst dich natürlich. Ich glaube, du bist dünn genug, dass du hinter den Sitz passt, oder wir stecken dich in den Kofferraum, das ist noch besser. Der Bär kommt nach vorn. Der wird schon für Ablenkung sorgen.«

Fikel grinste mich an. Ihm fehlten die Vorderzähne

und seine Haut war voller Falten und vom Leben unter freiem Himmel dunkel geworden. Wenn er lächelte, sah er viel jünger aus, als er sonst auf mich gewirkt hatte. »Bereit für ein Abenteuer?«, fragte er.

»Ja.«

»Gut. Zeig mir, was für ein Messer du hast!«

»Messer?«

»Hast du keins?« Er schien wirklich überrascht und sah mich empört an. Dann kletterte er in den Wagen und holte eins.

»Ich hatte keine Zeit zu packen«, sagte ich.

Fikel brach in schallendes Gelächter aus. Und zum ersten Mal seit Ewigkeiten lachte ich auch.

Vierzehn

Nach Sonnenuntergang bog ein kleines russisches Auto, dessen Farbe an Hühnersuppe erinnerte, in den Lagerplatz ein. Ein untersetzter, etwa dreißigjähriger Mann in fleckigen Jeans und Lederjacke stieg aus. Er bewegte sich wie ein Cowboy und kam mit mächtigen Schritten zum Feuer.

»Dobro vece«, sagte er. Ein Serbe.

Er schüttelte der alten Frau die Hand, dann kam er zu mir herüber. Ich stand nicht auf, um ihn zu begrüßen. Ich blieb neben dem jungen Bären sitzen. Er hatte sich inzwischen an mich gewöhnt und ließ mich seine Ohren kraulen, wie ich es bei meiner Kuh immer getan hatte. Ich musste einen Moment an sie denken. Hoffentlich gab Pranvera gut auf sie Acht.

»Zeig mal her«, sagte der Serbe.

Ich warf ihm einen finsteren Blick zu und hob mein Hemd. Er pfiff durch die Zähne. »Und deine Finger auch?«, fragte er.

Ich nickte. Ich konnte mich nicht überwinden mit ihm zu sprechen. Er ging in die Hocke und legte mir die Hand auf den Kopf. »Ich will dir was sagen, bevor du gehst«, sagte er. »Wir sind nicht alle so. Vergiss das nicht. Heute Nacht werde ich alles tun, um dir zu helfen.« Er schwieg. *»Mirë?«*, sagte er.

Ich war verblüfft. Es war das erste Mal, dass ich einen Serben unsere Sprache sprechen hörte. *»Mirë!«*, sagte ich erleichtert. Gut. Und dann fügte ich auf Serbisch hinzu: *»Da.«* Ja.

Er drehte sich nach Fikel um. »Gehen wir«, sagte er.

Er öffnete den kleinen Kofferraum und bedeutete mir hineinzuklettern. Fikel gab mir eine der Einkaufstüten. Darin waren Brot, Zigaretten, ein wenig Schokolade und eine Flasche Mineralwasser. Ich hatte das Messer von Fikel, ein Klappmesser, in die hintere Tasche gesteckt.

»Du passt schon rein«, sagte der Serbe. »Bist dünn genug. Aber ich muss dich warnen, es wird eine Holperfahrt. Vom Dorf aus fahren wir einen Weg über die Felder hinunter und dann am Fluss entlang, da lass ich euch raus!«

Ich wartete noch, um zu sehen, wie der Bär ins Auto stieg. Fikel machte ihn los, aber der Bär wollte nicht. Fikel legte ein Stück Schokolade auf den Sitz, um ihn zu locken. Schließlich ging ich hinüber zu dem Bären. Er hatte einfach Angst. Ich kraulte ihn am Ohr und sprach beruhigend auf ihn ein und schließlich kletterte er hinein. »Was hast du ihm gesagt?«, fragte Fikel.

»Dass ich weiß, wie einem zumute ist, wenn man von zu Hause fortmuss.«

Ich stieg in den Kofferraum und der Serbe ließ die Klappe zufallen. Sofort bekam ich Panik. Wenn das Ganze nur ein Trick der Serben war und sie mich nie mehr herausließen? Oder wenn sie mich gegen Geld an die Miliz auslieferten? Oder wenn nicht genug Luft im Kofferraum war und ich erstickte? Ich war dumm gewesen irgendjemandem zu vertrauen.

Das Auto setzte zurück. Durch den Auslegestoff unter mir drang Abgasgeruch in den Kofferraum. Ich versuchte langsamer zu atmen, um die aufsteigende Panik unter Kontrolle zu kriegen. Vielleicht würde ich hier drin sterben und dieser Kofferraum würde mein Sarg sein. Ich dachte an Fatmira und daran, dass ich jahrelang nicht an ihr Grab gehen könnte. Dass ihr Körper verweste und ihre Gebeine eines Tages zu Erde wurden. Und eines Tages würde ein Ackergaul, vielleicht einer wie unserer – weiß, mit knochigen Hüften und gelber Mähne – an dieser Stelle den Boden umpflügen, damit dort etwas gepflanzt werden konnte. Ich hatte das Gefühl, dass es ein Fehler war Fatmira zu verlassen, stärker als bei meinen Eltern, Pranvera und Halil. Aber immerhin waren meine Befürchtungen, dass die Soldaten ihrem Grab etwas antun könnten, vorüber. Stattdessen waren sie nun hinter mir her.

Ich bekam Kopfschmerzen von den Abgasen und durch das Holpern des Autos über die zerfurchten Straßen schlugen meine Zähne aufeinander, sodass ich mir immer wieder auf die Zunge biss. Ich schmeckte Blut.

Nun fuhr der Wagen etwas langsamer. Die Erschütterungen waren weicher und weniger ruckhaft. Das Auto schwankte hin und her, wahrscheinlich fuhren wir über die Felder hinunter zum Fluss. Ich presste mein Gesicht gegen die Plastiköffnung, wo das Rücklicht saß. Um das

Plastik herum spürte ich einen winzigen frischen Luftstrom, der von draußen hereinkam. Aber es war stockdunkel im Kofferraum. Der Serbe fuhr ohne Licht.

Endlich hielten wir an. Ich hörte, wie die Vordertür zuknallte. Im Schloss des Kofferraums rasselten Schlüssel und die Klappe hob sich. Über mir sah ich die Sterne am klaren Nachthimmel und ich schöpfte plötzlich Hoffnung.

»Hallo!«, sagte ich auf Serbisch zu dem Fahrer. »Wie geht's?«

Er schüttelte den Kopf und zog mich hoch. Ich kletterte heraus und vertrat mir die Beine, die ganz steif geworden waren. Der Serbe warf den Kofferraumdeckel zu.

»Ich muss los«, sagte er. »Viel Glück euch beiden!«

Er schüttelte mir die Hand.

Bis jetzt traute ich ihm. Konnte ich ihm auch eine Nachricht an meine Eltern anvertrauen?

»Bitte!«, sagte ich. »Kannst du meinen Eltern ausrichten, dass ich nach Elbasan gegangen bin?«

Er sah unschlüssig zu Fikel hinüber.

»Wenn nicht meinen Eltern, dann wenigstens einem Albaner aus meinem Dorf. Bitte!«

Er nickte.

»Wir sehen uns«, sagte er zu Fikel.

Dann stieg er in den Wagen und fuhr davon. Fikel, der Bär und ich blieben bei einigen Erlenbäumen zurück, die das flache Flussbett am Fuße des Berges säumten.

»Komm, wir haben keine Zeit zu verlieren.«

Fikel und der Bär gingen vor mir her und ich lief hinterher, meine Plastiktüte in der gesunden Hand. Der Mond schien nicht, ich konnte im Dunkeln kaum etwas erkennen. Wir begannen bergauf zu klettern. Mein Fuß rutschte immer wieder auf kleinen Steinen aus und innerhalb von wenigen Minuten knickte ich zweimal um.

»Ich sehe nichts!«, fluchte ich.

»Du wirst dich schon noch dran gewöhnen«, erwiderte Fikel. »Aber wir müssen uns beeilen. Die Nächte sind kurz.«

Ich klemmte mir die Plastiktüte unter den Gürtel und stolperte hinter ihm her, die linke Hand dicht am Boden, um das Gleichgewicht zu halten und die Steine zu ertasten. Von hier oben waren die Lichter von Prizren zu sehen und auch ein paar wenige in unserem Dorf. Meine Eltern mussten Todesängste um mich ausstehen, aber sie würden bald erfahren, dass ich auf dem Weg nach Albanien war. Nach Albanien und vielleicht konnte ich von dort aus eines Tages weiter nach Westeuropa oder Amerika. Ich wagte zum ersten Mal ernsthaft daran zu denken, wohin ich ging und dass ich dort auch wirklich ankommen könnte.

Wir waren nun schon fast zwei Stunden geklettert. Ich war außer Atem, meine Knie taten mir weh und zitterten vor Erschöpfung. Ich drehte mich um und blickte hinunter ins Tal. Mein Dorf war verschwunden und Prizren auch. Vor uns, hoch über unseren Köpfen, ragten die verschwommenen Umrisse von gezackten Berggipfeln auf.

»Können wir anhalten?«, fragte ich.

»Nein«, erwiderte Fikel bloß.

Aber ich hatte Glück. Ein paar Minuten später ließ der Bär sich nieder und verweigerte jede Bewegung. Erleichtert setzte ich mich auch hin und streichelte ihn. Fikel öffnete eine große Flasche und goss dem Bären Cola ins Maul. Als die Flasche leer war, stand der Bär auf und bewegte sich rastlos hin und her. Er wollte mehr haben, schaukelte mit dem Kopf vor und zurück und schnüffelte. Dann stupste er mit der Tatze gegen meine Einkaufstüte.

»Er riecht die Zigaretten«, sagte Fikel.

Er ließ die Kette los, damit der Bär am Hang ein wenig umherlaufen konnte.

»Wo hast du ihn her?«, fragte ich.

»Ich habe die Mutter erschossen. Nicht weit von hier. Hast du das Bärenfell im Wagen gesehen? Das war sie.«

Ich ließ meinen Kopf auf die angezogenen Knie sinken.

Fikel merkte, dass ich es traurig fand. »Ich muss auch leben«, sagte er. »Das Leben hier ist hart für uns alle.«

Ich nickte.

»Sieh mal, wie er an den Felsen schnüffelt. Ich glaube, er merkt, dass sein Zuhause nicht weit entfernt ist«, sagte Fikel.

»Wer hat ihm den Ring in die Nase gemacht?«, fragte ich.

»Ich. Das ist der einfachste Weg sie zu zähmen. Kleine Bären lernen auf die Art sehr schnell das zu tun, was man will. Wenn du erst in Elbasan bist, bringt mein Cousin den Bären nach Durrës und dann geht es mit dem Boot hinüber nach Italien. Ein gesundes Bärenjunges ist dort eine Menge Geld wert.«

»Er ist schön«, sagte ich.

»Ja«, sagte Fikel und drückte seine Zigarette an einem Felsen aus. »Bären sind sehr intelligent. Sie können sogar lernen Fahrrad zu fahren!«

Ich musste unwillkürlich lächeln.

»Aber sieh zu, dass du ihn nicht zu sehr ins Herz schließt. Der Bär ist unsere Geldanlage für den Winter.«

Mir war traurig zumute, aber ich wusste, was er meinte. Im Kosovo hatten wir keine Haustiere mehr. Wie auch, wenn es nur so wenig zu essen gab? Wenn ein streunender Hund in unser Dorf kam, jagten die meisten Kinder ihn fort und warfen mit Steinen und Stöcken nach ihm.

»Komm, morgen in aller Frühe müssen wir eine der Flinthöhlen erreicht haben. Hast du sie schon mal gesehen?«

Wie wäre das möglich gewesen? Seit meinem zehnten Lebensjahr war es für uns Kinder viel zu gefährlich die Berge zu erkunden. Fikel bückte sich nach der Kette des Bären.

»Flint ist der Feuerstein. Die Menschen haben früher in den Felsen danach geschürft. Wir verstecken uns den Tag über dort in den Höhlen. Normalerweise bin ich nicht halb so vorsichtig, aber für dich tu ich alles. Nun komm.«

Hinter uns war der Himmel hellgrau geworden, durchzogen von rosa Streifen. Es war schon fast Morgen. Wir rutschten über losen Steinen eine steile Böschung hinab in eine Senke. Im Dämmerlicht konnte ich mehrere große Aushöhlungen in den Felsen erkennen. Fikel, der den Bären führte, wählte den mittleren der drei Eingänge und verschwand darin. Ich ging hinterher.

Der Boden der kleinen Höhle war übersät mit Steinsplittern. Es war gerade genug Platz, um sich hinzulegen und auszustrecken, solange der Bär sich ruhig verhielt. Tatsächlich ließ er sich auf den Bauch fallen und schlief sofort ein wie ein junger Hund. Ich machte mich erst einmal über ein Stück Brot her, trank aus der Colaflasche und versuchte zu vergessen, wie hungrig ich war. Der Bär schnarchte lauter als ein betrunkener Soldat.

»Ich schlafe jetzt erst mal. Hör zu, wir sind jetzt dicht an der Grenze zu Albanien«, sagte Fikel. »Die Grenzposten, serbische und albanische, halten nach Leuten Ausschau, die hier nichts zu suchen haben. Also lauf nicht herum, das würdest du bereuen. Wir sind in der Nähe der Stelle, wo die Albaner den Serben Benzin verkaufen. Weißt du, wie viele Leute hier in diesem Jahr schon ins Gras gebissen haben? Vierzig!«

Fikel legte sich mit dem Kopf auf seine Jacke. »Ach ja«, sagte er, »falls mir was passiert, gehst du zu meinem Cousin. Er heißt Teo.«

Es gelang mir ein paar Stunden zu schlafen. Als ich aufwachte, schien es ungefähr um die Mittagszeit zu sein. Ich zog mein Hemd hoch und betrachtete die Schnittwunden. Die Rötungen an den Seiten waren heller geworden und es brannte nicht mehr so stark. Der Verband um meine Finger war verdreckt, aber ich wagte nicht ihn abzunehmen. Die Fingerspitzen meiner gesunden Hand tasteten das Serbenkreuz entlang.

Was hatte Fikel damit gemeint, als er sagte, dass die Albaner den Serben Benzin verkauften? Das war doch nicht möglich. Die Albaner hielten doch zu uns. Sie würden doch nicht die Sanktionen unterlaufen und Benzin verkaufen, mit dem serbische Panzer und Militärjeeps fahren konnten? Oder doch?

In der Schule war uns erklärt worden, wer gut war und wer böse. Dass kein Albaner einen anderen verraten würde. Dass wir eines Tages zusammen leben könnten. Das war der Traum unseres Volkes. Dummerweise hatten die Serben mit Serbien dieselbe Idee gehabt und taten alles, um sie zu verwirklichen.

Aber in der vergangenen Nacht hatte mir ein Serbe, den ich noch nicht einmal kannte, zur Flucht verholfen. Und weil ich die Narben des serbischen Kreuzes trug, half Fikel mir, obwohl er dabei sein Leben aufs Spiel setzte. Wir waren eine Kette schwacher Menschen, die sich kaum kannten, die ihre Hände ausstreckten und einander in Dunkelheit und Gefahr halfen. Niemand brauchte Fragen zu stellen. Jeder begriff, wann es gefährlich wurde. Vierzig Tote. Erschossen. Manche hatten fliehen wollen, manche Geld verdienen. Ich fragte mich, ob ich je in Elbasan ankommen würde.

Mir wurde schwindelig vor Angst. Ich schloss die Augen.

Merkwürdigerweise passte sich der Bär unseren Gewohnheiten sehr leicht an. Nach unserer Nachtwanderung schlief er noch immer friedlich. Es würde mir schwer fallen mich von ihm zu trennen und zuzusehen, wie Teo mit ihm nach Durrës fuhr, um ihn an einen Zirkus oder einen Straßenzoo zu verkaufen. Ich hatte schon früher Bären in Gefangenschaft gesehen. Ihr Gesichtsausdruck war traurig und abgestumpft, ihr Pelz verdreckt und ohne Glanz. Die Leute schlugen sie und lachten sie aus. Aber ich konnte verstehen, dass Fikel seinem Cousin helfen wollte.

Der Nachmittag schleppte sich dahin. In der Flinthöhle wurde es sehr heiß. Durch das grelle Sonnenlicht wirkte die Felswand draußen hell und knochenbleich, die schattigen Stellen waren tief schwarz und traten undeutlich zurück. Ich saß vorne im Eingang und prägte mir jeden Felsbrocken ein – die Umrisse, Schatten und Formen.

Plötzlich erschütterte ein Donnern den Himmel, als bräche die ganze Welt auseinander. Ich schreckte hoch und sah, wie das Aufblitzen einer serbischen MiG-29 etwa dreißig Meter entfernt die Gipfel erhellte. Offenbar nahmen die Serben an diesem Tag Prizren unter Beschuss. Sie taten es manchmal, um uns einzuschüchtern.

Ich rutschte tiefer in die Höhle, umschlang meine Knie und betete zu allen drei Göttern, dass ich sicher in Albanien ankommen würde.

Irgendwann später hörte ich weit entfernt Maschinengewehrfeuer. Zwanzig Sekunden. Dann wieder – zwanzig Sekunden. Wir waren hier oben nicht allein, auch wenn alles verlassen wirkte.

Fünfzehn

Endlich wachte Fikel auf. Er setzte sich hin und versuchte in der engen Höhle die Arme auszustrecken.

»So«, sagte er. »Heute Abend werden wir bei meinem Cousin sein, am Guri-See. Er liegt zur Hälfte in Albanien und zur Hälfte in Serbien, es ist einer der Seen, wo die Albaner das Benzin hinbringen. Dann fahren sie es mit Booten hinüber nach Serbien.«

Es ärgerte mich, dass er das Land um uns herum Serbien nannte, obwohl es der Kosovo war, mein Heimatland.

»Wir wollen uns vor Tagesanbruch auf der anderen Seite des Sees in einem Olivenhain treffen. Um jeden Baum liegt ein kleiner Ring aus weißen Steinen, damit die Erde nicht weggeschwemmt werden kann. Man sieht die Steine im Dunkeln. Vergiss das nicht, denn es kann sein, dass wir getrennt werden. Falls es passiert, musst du versuchen die Olivenbäume zu finden.«

Ich runzelte die Stirn. »Woher weißt du denn, dass dein Cousin dort sein wird?«

»Er ist jede Nacht dort«, sagte Fikel.

»Du meinst, er bringt Benzin für die Serben über den See?«

»Ja.«

»Dann ist er ein Verräter!«, schrie ich wütend. »Die Welt hat Sanktionen gegen Serbien erlassen!«

»Sei still! Er ist kein Verräter. Was erwartest du denn? Wovon soll er leben? Du und ich, wir stehen immer kurz vor dem Verhungern. Ihm geht es genauso und vielen anderen auch.«

»Es ist falsch ihnen Benzin zu verkaufen. Sie nehmen es für ihre Panzer in Bosnien und im Kosovo!«

»Zigeuner müssen zu niemandem halten. Wir sind Nomaden. Wir besitzen kein Land. Dieser Krieg zwischen den Serben und den Albanern ist ausgebrochen, weil jeder das Land des anderen besitzen will, und mit anderen Kriegen ist es genauso. Das ist das Problem. Und es ist entstanden durch die Albaner, Kroaten und Serben, nicht durch die Zigeuner!«

Ich schwieg, denn er hatte Recht. Schon seit Jahrhunderten brachten sich die Menschen auf dem Balkan gegenseitig für Land um. Aber die Zigeuner hatten keinen einzigen Krieg begonnen.

»Die Schlimmen sind die, die sich Nationalisten nennen. Die bringen die Menschen um«, sagte Fikel. »Nicht unsere Leute, die Bärenfelle verkaufen oder ein bisschen Benzin und Zigaretten, damit wir was zu essen kriegen.«

Also hielt Fikel mich eigentlich für seinen Feind.

»Warum hilfst du mir dann?«, fragte ich schließlich.

»Weil du zu mir gekommen bist«, sagte er bloß. »Du hast Hilfe gebraucht und du hattest sonst niemand. Sonst hättest du den gefragt und keinen Zigeuner.«

Ich schämte mich, weil es stimmte. Wir hielten uns für etwas Besseres als die Zigeuner. Jeder tat das. Wir sagten, sie seien schmutzig und zurückgeblieben und faul, wir sprachen genauso über sie wie die Serben über uns.

»Es tut mir Leid, Fikel«, sagte ich.

»Warum? Du bist ein guter Junge. Du kennst es nicht anders, du bist nicht so viel rumgekommen wie ich. In dieser Hinsicht habe ich viel mehr Freiheit als du.«

»Warst du schon mal in Amerika?«

»Nein. Aber ich war in Italien, in Ungarn, in der Slowakei und der Ukraine. Einmal bin ich nach Südfrankreich gefahren. Und auch in die Türkei und nach Griechenland.«

»Und nach Bulgarien?«, fragte ich.

»Ja. Und nach Transsilvanien.«

Ich lachte. Wir hatten schon früher über Transsilvanien gesprochen.

»Kannst du lesen?«, fragte ich.

Er spuckte aus. »Wie viele Zigeunerkinder sind bei euch auf der Schule?«

»Keins«, musste ich zugeben.

»Na bitte, da hast du die Antwort. Außerdem, was hat das Lesen dir gebracht? Die Serben haben euch alle Bücher weggenommen. Und was lest ihr jetzt?«

Fikel gab dem Bären eine trockene Wurst und flößte ihm ein wenig Cola ein. Die Flasche war fast leer und ich war am Verdursten. Ich brach ein Stück Brot ab, aber mein Mund war so trocken, dass ich Schwierigkeiten hatte zu schlucken. Ich würde Wasser aus dem See trinken, sobald wir da waren.

»Wir gehen am südlichen Ufer des Sees entlang«, sagte Fikel. »Mein Cousin kommt im Morgengrauen zum Olivenhain und guckt, ob ich da bin. Er wartet ungefähr eine halbe Stunde.«

Wir lagen auf den Steinen, horchten auf die Salven von schnellem Gewehrfeuer, die irgendwo durch die Berge hallten. Ich hoffte, weit entfernt von uns.

Nach Sonnenuntergang mussten wir noch drei Stunden warten, bis Fikel fand, dass es dunkel genug war, um aufzubrechen. Wir kletterten oberhalb der Höhlen den Berg hinauf und überquerten den schmalen, sattelartigen Kamm Richtung Süden.

Tief unter uns konnte ich nun den See erkennen. Schwankende weiße Lichter bewegten sich am nördlichen Ufer entlang.

»Eine serbische Grenzpatrouille«, sagte Fikel.

»Auf der albanischen Seite sind keine Lichter.«

»Sie finden es klüger den See nicht so oft zu kontrollieren. Die Albaner warten lieber, bis ein Haufen Geld in Sicht ist und sie bestochen werden. Dann kontrollieren sie«, sagte er.

Der Bär fraß an einigen Blättern und Zweigen der niedrigen Büsche. Bäume gab es hier oben keine. Ein Stück Brot war noch übrig. Ich teilte es mit ihm. Er stupste mich mit seiner Schnauze und wollte mehr. Ich zeigte ihm meine leeren Hände.

»Wir gehen am Ufer entlang. Hoffentlich halten die Grenzposten mehr nach Booten Ausschau als nach uns«, sagte Fikel. »Komm, es sind noch fast fünf Kilometer.«

Ich stöhnte. Nach der langen Klettertour der letzten Nacht waren meine Füße wund und die Knöchel taten mir weh. Mir war schwindelig vor Hunger, ich konnte kaum mehr das Gleichgewicht halten. Weitere zwei Stunden lang stolperten wir durch die Dunkelheit.

Wir waren den Abhang auf der anderen Seite des Bergkamms hinuntergeklettert und befanden uns nun schon ziemlich nahe am Ufer. Vom Wasser her hörte ich das Dröhnen der Motorboote, die das illegale Benzin hinüberbrachten, aber es klang weit entfernt. Wir hatten es fast geschafft und ich atmete langsam auf. Es konnte nicht mehr weit sein.

Plötzlich hörte ich das warnende Bellen eines Hundes. Der Bär ließ ein tiefes Brummen hören, schwenkte den Kopf hin und her und witterte.

»Runter mit dir!«, flüsterte Fikel. »Bleib dicht am Boden.«

Er drückte mir die Bärenkette in die Hand.

»Kannst du sie bestechen?«, fragte ich.

»Ich habe kein Geld. Sie würden den Bären nehmen. Aber keine Angst, wir warten einfach, bis sie vorbei sind.«

Doch der Hund bellte wieder auf, dreimal hintereinander. Dann hörte ich Männerstimmen, die Serbisch sprachen. »Hier entlang, glaube ich. Ich sehe mal nach.«

»Der Hund riecht den Bären«, flüsterte Fikel. »Okay. Ich stelle mich und verhandele mit ihnen. Pass auf den Bären auf. Keinen Mucks. Geh nicht von hier weg, egal, was passiert!«

»Warum lässt du den Bären nicht einfach frei?« Ich wollte nicht, dass Fikel mich hinter den Felsen allein ließ.

»Bist du verrückt? Der Bär ist ein paar tausend Deutsche Mark wert! Das heißt, dass unsere Familie eine Menge zu essen kriegt.«

Fikel kroch nach vorn, dann lief er los. Geduckt und halb rennend, halb schlitternd glitt er die Böschung hinab an das Ufer. Geröll prasselte und dann hörte ich ihn schreien. »Nicht schießen«, rief er auf Serbisch. »Nicht schießen, ich bin nicht bewaffnet!«

Das rasende Gebell des Hundes ertönte, gefolgt von donnerndem Maschinengewehrfeuer. Laute Stimmen. Dann wieder Schüsse, fünfzehn Sekunden. Es schien endlos.

Ich duckte mich hinter dem Felsen, stöhnte auf und stopfte mir die Faust in den Mund, um kein Geräusch zu machen. Ich war sicher, dass sie Fikel getroffen hatten. Ich war sicher, dass er tot war.

Ich konnte die Stimmen der beiden Grenzposten hören. Sie stritten darüber, was nun mit Fikel geschehen sollte. Niemand überlebte fünfzehn Sekunden Maschinengewehrfeuer, das wusste ich. Ich hörte, wie sie sagten, er sei ja nur ein Zigeuner, also sei es egal. Der Hund bellte zweimal auf. »Sieh zu, dass dieser Hund endlich Ruhe gibt!«, sagte der eine. »Mit der Leiche müssen wir überhaupt nichts tun. Sollen seine Verwandten ihn doch finden. Irgendwer wird schon kommen und nach ihm suchen.«

Sie diskutierten noch eine Weile herum und liefen dann weiter, nördlich am Ufer entlang. Ich wartete und wartete, um ganz sicher sein zu können, dass sie fort waren. Dann kroch ich hinter dem Felsblock hervor und zog leicht an der Bärenkette. Der Bär erhob sich auf die Beine und trottete hinter mir her. Ich versuchte mich auf das vorzubereiten, was ich sehen würde.

Fikels Körper lag auf den Steinen. Sein Kopf lag verdreht auf der Seite und er sah nach oben in den Nachthimmel. Sämtliche Kugeln hatten ihn im Oberkörper getroffen. Die Serben waren gute Schützen – sie hatten ja auch genug Gelegenheit zum Üben. Der Bär neben mir begann zu winseln und legte sich hin.

Die Tränen schossen mir in die Augen. Ich setzte mich neben Fikel. Angst und Trauer überwältigten mich. Die Mutigsten traf es am schlimmsten. Sie brachten sich selbst in Gefahr, um anderen zu helfen, und dachten nicht daran, was ihnen selbst dabei zustoßen könnte. Meine Schwester war für einen Fluss gestorben, Fikel für mich.

Ich wusste nicht, was ich tun sollte. Anscheinend hatte ich die albanische Grenze immer noch nicht erreicht. Aber sie musste sehr nah sein, was wohl auch der Grund gewesen war, warum sie Fikel erschossen hatten. Hier konnte ich nicht bleiben. Auch wenn ich es nicht wollte, ich musste Fikel hier liegen lassen und seinen Cousin benachrichtigen.

Ich konnte mich noch immer nicht rühren. Das Dröhnen der Motorboote auf dem See war plötzlich verstummt. Ich sah, wie die Sterne langsam dahinzogen, bis eine Wolkenbank sie verdunkelte, sie alle auf einmal auslöschte. Es musste schon fast Morgen sein.

Ich spürte ein paar Regentropfen auf meinem Gesicht und sah, wie der Regen Kreise auf das Wasser malte.

Ich zog mein weißes Hemd aus, legte es über Fikels verzerrtes Gesicht und beschwerte es mit einem Kreis aus Steinen. Ich drehte mich nach dem Bären um. Er war eingeschlafen und wollte nicht aufstehen. »Wach auf!«, sagte ich und rüttelte an ihm. Er rollte sich noch mehr zusammen und döste weiter. »Komm schon, wir müssen gehen.«

Ich stand auf, zog den Bären hinunter ans Ufer und ließ die Kette los. Als ich aufs Wasser starrte, fühlte ich, wie alles in mir sich entspannte. Etwas hatte sich verändert. Zum ersten Mal seit Fatmiras Tod sah ich diesen einen Moment vor meinen Augen, als die Kugel ihren Rücken getroffen hatte. Ich sah das kaninchenhafte Zucken ihres Körpers, kurz bevor sie zu Boden gefallen war. Statt grenzenloser Verzweiflung empfand ich eine sanfte, leichte Traurigkeit. Und der Kummer darüber, ihr Grab und die Erde, in der sie lag, verlassen zu haben, fiel von mir ab.

Ich schöpfte kaltes Wasser, spritzte es mir ins Gesicht und blieb auf den Knien am Ufer hocken.

Fatmiras Gedicht würde immer in mir sein und mir helfen bei allem, was ich tat. Es war wunderbar, dass sie versucht hatte ihre Meinung zu sagen. Ich fühlte mich immer noch einsam ohne sie und ohne Fikel, aber es war eine sachte, klare Einsamkeit, in die ich mich hüllen konnte wie in einen Mantel. Wenn ich an die beiden dachte, empfand ich Wärme, eine Wärme, wie ich sie von zu Hause kannte.

Ich wartete geduldig, während der Bär an dem steinigen Ufer stand und das kalte Wasser trank. Fatmiras Mut und Fikels Großzügigkeit machten mich zuversichtlich und ich wusste, dass ich es schaffen würde nach Elbasan zu kommen. Eines Tages würde ich dann in den Kosovo zurückkehren und das Gedicht meiner Schwester laut vorlesen.

»Komm schon«, sagte ich und schüttelte die Kette, um den Bären zur Eile anzutreiben.

Im blassen Licht der Morgendämmerung sprang er ausgelassen an meiner Seite und sein Pelz zuckte und wellte sich im Takt seiner Schritte, als wir aufbrachen und den Weg nach Süden einschlugen, am Ufer entlang zum Olivenhain.